AF202618

Tucholsky   Wagner   Zola   Scott   Sydow   Freud   Schlegel
Turgenev   Wallace   Fonatne

Twain   Walther von der Vogelweide   Fouqué   Friedrich II. von Preußen
Weber   Freiligrath   Frey

Fechner   Fichte   Weiße Rose   von Fallersleben   Kant   Ernst   Eichthofen   Frommel

Fehrs   Engels   Fielding   Hölderlin
Faber   Flaubert   Eichendorff   Tacitus   Dumas

Feuerbach   Maximilian I. von Habsburg   Fock   Eliasberg   Zweig   Ebner Eschenbach
Ewald   Eliot   Vergil

Goethe   Elisabeth von Österreich   London
Mendelssohn   Balzac   Shakespeare   Dostojewski   Ganghofer
Trackl   Lichtenberg   Rathenau   Doyle   Gjellerup
Mommsen   Stevenson   Tolstoi   Hambruch
Thoma   Lenz   Hanrieder   Droste-Hülshoff

Dach   Verne   von Arnim   Hägele   Hauff   Humboldt
Reuter   Rousseau   Hagen   Hauptmann   Gautier
Karrillon   Garschin
Damaschke   Defoe   Hebbel   Baudelaire
Descartes

Wolfram von Eschenbach   Dickens   Schopenhauer   Hegel   Kussmaul   Herder
Bronner   Darwin   Melville   Grimm   Jerome   Rilke   George
Campe   Horváth   Aristoteles   Bebel   Proust
Bismarck   Vigny   Gengenbach   Barlach   Voltaire   Federer   Herodot
Heine

Storm   Casanova   Tersteegen   Gilm   Grillparzer   Georgy
Chamberlain   Lessing   Langbein   Gryphius
Brentano   Lafontaine
Strachwitz   Claudius   Schiller   Kralik   Iffland   Sokrates
Katharina II. von Rußland   Bellamy   Schilling
Gerstäcker   Raabe   Gibbon   Tschechow

Löns   Hesse   Hoffmann   Gogol   Wilde   Vulpius
Luther   Heym   Hofmannsthal   Klee   Hölty   Morgenstern   Gleim
Roth   Heyse   Klopstock   Goedicke
Luxemburg   Puschkin   Homer   Kleist
La Roche   Horaz   Mörike   Musil
Machiavelli
Navarra   Aurel   Musset   Kierkegaard   Kraft   Kraus
Nestroy   Marie de France   Lamprecht   Kind   Kirchhoff   Hugo   Moltke

Nietzsche   Nansen   Laotse   Ipsen   Liebknecht
Marx   Ringelnatz
von Ossietzky   Lassalle   Gorki   Klett   Leibniz
May   vom Stein   Lawrence   Irving
Petalozzi   Knigge
Platon   Pückler   Michelangelo   Kock   Kafka
Sachs   Poe   Liebermann   Korolenko
de Sade   Praetorius   Mistral   Zetkin

Morgen, Mittag und Abend

Ottilie Wildermuth

Impressum

Autor: Ottilie Wildermuth
Umschlagkonzept: toepferschumann, Berlin

Verlag: tradition GmbH, Hamburg
ISBN: 978-3-8424-1299-6
Printed in Germany

Ottilie Wildermuth

Aus dem Frauenleben. Erster Band.

1862

Morgen, Mittag und Abend

I. Am Morgen

Als hoch am Himmelsbogen
Des Frühlings Sonne stieg,
Ging hoch mein Herz in Wogen
Und pochte stolzen Sieg.

Mit jedem stillen Triebe
Der Knosp' hab' ich gestrebt,
Und jedes Weh' der Liebe
Der Rose durchgelebt.

Rückert.

*

Ich weiß nicht, ob andere Nationen so reich sind an Sprüchwörtern, die mißtrauisch gegen frühes Glück machen, wie wir bedachtsamen Deutschen.

Ein Deutscher war Eulenspiegel, der weinte, wenn's bergab ging, im Gedanken an die nahe Mühe des Bergansteigens. Morgenroth, Abend Koth. Das erste Gewinnen ist nichts nutz. Wer zuletzt lacht, lacht am Besten; wer zuerst den seidenen Rock verträgt, muß nachher den wollenen tragen. Man muß den Tag nicht vor dem Abend loben. Das sind lauter deutsche Sprüchwörter, die uns am Ende wünschen lassen, nur bald möglichst alles erdenkliche Drangsal durchzumachen, um damit eine Freikarte auf späteres Glück zu gewinnen.

Und doch ist ein heller Morgen so schön; glücklich sein erscheint ein so natürliches Vorrecht der Jugend, daß einem ein trübseliges junges Mädchengesicht wie eine Sünde gegen den Schöpfer vorkommt, und nur ungern möchte man der Jugend das lichte Morgenroth verbittern mit Hinweisungen auf einen trübseligen Abend.

Le ciel s'colaireit au couchant ist eine tröstliche französische Sentenz; und es ist auch meines Erachtens viel weniger der Abend, für den wir bangen dürfen bei einem hellen Morgen, als der Mittag.

7

Der Abend hat wieder seine eigne Poesie: die Luft ist kühler, man ist ein wenig müde, leichter zufrieden gestellt, man denkt an's Schlafengehen.

Aber der Mittag, der schwüle heiße Mittag, der trockne prosaische, arbeitsvolle Mittag, der ist zu fürchten, und wo ihr morgenhelles Glück sehet, da fragt nicht bedenklich: wird's auch am Abend noch so aussehen? fragt lieber: wie wird wohl der Mittag sein?

Der Mittag ist's, der die rosigen Morgenwölkchen zerstreut, sein unerbittliches Licht macht die Täuschungen der duftigen, oft nebelumhüllten Frühe klar, der Mittag des Lebens zerstört seine Morgenträume. Aber am Mittag gilt's auch, sich muthig durchzuschaffen und zu ringen, und statt sich in die Morgendämmerung zurückzuträumen, lieber voraus zu blicken nach der Ruhe des Abends; und wohl dem, der sich durchgerungen hat, zu einem klaren friedevollen Tagesschluß.

Das Amthaus.

Ein heller Lebensmorgen und eine fröhliche Jugend war denn auch den Kindern des Amthauses zu Bernheim beschieden, und mit ihnen noch Vielen, denen es unter dem gastlichen Dache wohl geworden ist.

Nicht umsonst ist die Gastfreundschaft, die so ganz weltlicher Natur scheint, in der Bibel schon als eine schöne Tugend gepriesen; eine *edle* Tugend ist sie, denn sie ruht nicht auf der Grundlage praktischen Nutzens, die freie, heitre Gastlichkeit, auch da, wo sie nicht Wohlthätigkeit ist, wo sie auf Gegenseitigkeit beruht. Wirthe und Gäste würden wohl mehr ersparen, wenn sie hübsch zu Hause blieben, aber ein gastliches Haus gibt unendlich mehr als Essen und Trinken und Herberge, es gibt den Reiz und das Behagen des eignen Hauses ohne seine Mühen und Sorgen, es gibt den Gästen das erwärmende Gefühl, lieb und willkommen zu sein, auch wo man nicht nöthig ist, es gibt guten Muth für die eigne Heimath, und Frische und Kraft zu der Rückkehr in's Alltagsleben.

Man klagt, und das mit Recht, daß die Gastlichkeit in unsern Tagen so im Abnehmen sei.

Das ist die Noth der schweren Zeit,
Das ist die schwere Noth der Zeit,
Das ist die schwere Zeit der Noth,
Das ist die Zeit der schweren Noth.

Sie stellt andre Forderungen, und verlangt schwerere Opfer als das fröhliche Geben der Gastlichkeit, das zugleich Genießen ist. Bringt sie immerhin diese Opfer mit willigem Herzen! Laßt die Schmäuse und Gastereien, die Spanferkel und Truthühner, die Aufsatztorten und Schmalgebäcke der guten alten Zeit untergehen und kauft statt dessen Brod für die hungernde Armuth; nehmt, wenn es sein muß, in Gottes Namen Zimmerherrn und Kostfräulein in Eure Stuben, und verkauft so das Heiligthum Eures eignen Herdes; aber Schande einer Zeit, wo bald der Bruder keinen Raum mehr findet am Tisch seines Bruders, wo Geschwister sich vom Gasthof aus die Aufwartung machen, wo an die Stelle der sorgsamen Hausfrau, des schüchternen Töchterleins, deren freundliches Gesicht die Speisen würzt, der vornehme Oberkellner des Hotels tritt, wo die Enkel desselben Ahnherrn sich nimmer kennen! Wenn es an dem ist, daß man dem Gaste mit Aengstlichkeit die Bissen in den Mund zählen muß, dann laßt uns dem Monsieur Proudhon folgen, die Familie aufheben, die Heimath schließen und die Menschheit in ungeheure Kosthäuser sperren.

Diese Abschweifung über Gastfreundschaft trifft nun das Amthaus nicht; zwar hat man damals auch schon über schlimme Zeiten geklagt, aber es war damit so böse nicht gemeint, und die Frau Amtmännin, die auch für die Armuth stets ein Tischchen gedeckt hielt, machte sich gar keine Skrupel aus der gutbesetzten Tafel, mit der sie bei ihren Gästen heitre Gesichter und kägliche Lamentationen über die großen Umstände hervorrief.

Die Tafel allein war es aber nicht, die das Haus so sonnig machte, es war die herzliche, ruhige Freundlichkeit, mit der man Jedes willkommen hieß, wenn es nicht gerade am Bügeltage kam, die unbeschränkte Freiheit, mit der man treiben durfte, was man wollte, die unendliche Behaglichkeit und unzerstörbar gute Laune, mit der der Herr des Hauses oben in seinem Lehnstuhl saß, zur Rechten seine Dose, zur Linken die Zeitung, seine Serviette umgebunden; wie er mit freundlichem Blick seine Kinder und Gäste überblickte, je mehr, desto lieber. Viel Worte waren eben seine Sache nicht, auch konnte er niemals die Namen seiner Neffen und Nichten behalten; er war manchmal so schweigsam, daß die junge Welt seiner gänzlich vergaß und sich eifrig in Gespräche vertiefte, bis er einen trocknen Brocken dazwischen warf, der zeigte, daß er alles wohl vernommen und in seiner Weise beurtheilt habe.

Der Amtmann, das einzige Kind eines reichen Vaters, hatte in jungen Jahren studirt, aber wenig Geschmack an der Jurisprudenz gefunden. Nach des Vaters Tode hatte er dessen Gut übernommen, zugleich die Schultheißenstelle des Orts mit dem Ehrentitel Amtmann; er verwaltete Amt und Güter getreulich und guten Muthes und nahm zu der Amtsverwaltung mehr seinen gesunden Menschenverstand, als die anstudirten juridischen Kenntnisse zu Hilfe.

Sein ältester Sohn, Karl genannt, wie alle braven Knaben, sollte dereinst das Gut übernehmen und wollte es noch mit einer Bierbrauerei erweitern, der war auf Reisen; Eduard, der jüngste, studirte Theologie, es freute den Vater, daß er Lust zum Studium hatte. Er selbst hatte dazu nicht viel mehr beigetragen, als daß er ihn von seinem achten Jahr an, wo er in die Kostschule kam, bis jetzt, wo er flotter Student war, nach den Ferien jedesmal mit der Ermahnung entließ: »lern' nur brav, man trägt an nichts schwer.« Aber er hatte dem Sohn seine volle Liebe gezeigt, alle Freude und Hoffnung, die er auf ihn setzte, und das wurde diesem ein mächtigerer Sporn und Halt, als bogenlange Ermahnungsbriefe.

Am gesuchtesten war das Amthaus als häusliche Bildungsstätte für junge Mädchen, und es war das eine vergnüglichere Lehrzeit als in einer französischen Pension. Die Frau Amtmännin nahm's mit dem Unterricht nicht eben so genau: »plagen kann ich mich nicht mit dem Mädchenvolk, meinte sie, »wenn sie aufmerken, so lernen sie von selbst, passen sie nicht auf, so wird ja doch nichts aus ihnen.«

So zogen denn Manche ab, ohne daß sie im Amthause mehr gelernt hätten, als Gemüse putzen und Kartoffel schälen; strebsame Geister drangen bis zum Buttertaig, bis zum Geflügel zurüsten, ja bis zum Schmalzbacken vor, was der höchste Gunstbeweis der Hausfrau war und von Friederike, dem ältesten Töchterlein, meist mit etwas scheelen Augen angesehen wurde. Alle aber ließen sich's in Haus und Garten und Umgegend recht von Herzen wohl sein, und wie die Nachkur bei Bädern, so wirkte die Erinnerung an die fröhliche, freudige Thätigkeit des Amthauses oft nachträglich mehr, als der Unterricht selbst.

Ein Sommerabend.

An dem schönen klaren Sommerabend, an dem wir endlich und endlich zum eigentlichen Beginn unserer Geschichte kommen, saßen denn zwei Mädchen unter der großen Linde beisammen, in deren Schatten gewöhnlich im Sommer Frühstück und Abendessen eingenommen wurde. Ein schöner Abend war's, und so oft auch schon Geschichten mit schönen Abenden begonnen haben, so wird man nicht umhin können es zu erwähnen, so lang es noch ein leuchtendes Abendroth gibt und einen goldenen Sonnenuntergang. Die Linde stand in voller Blüthe und herrlichem Duft, die Blüthenblättchen fielen mitunter in die große Milchschüssel, in die eben Mathilde, der neueste Zögling des Amthauses, Brod einbrockte, was zu den Elementen des Unterrichts gehörte. Mathilde war die Tochter einer Jugendfreundin der Amtmännin, die nach beendigten Kursen in der höhern Töchterschule, nun Haushaltung und Kochkunst studiren sollte. Minna, die jüngste Tochter des Hauses, Wilhelmine getauft, sonst Mine genannt, war mit Salatlesen beschäftigt; die Gedanken der Beiden flogen aber weit, weit hinaus über die prosaische Arbeit, was ihnen in so schöner Abendzeit gar nicht zu verdenken war.

»Es wäre denn doch oft hübsch, wenn man in die Zukunft sehen könnte,« meinte Minna, und schüttelte die braunen Locken zurück, die heute, weil es trocken Wetter war, noch schön geringelt das feine lebensvolle Gesichtchen umgaben, »ich wollte, es begegnete mir einmal eine Zigeunerin, aber eine von den rechten.«

»Ganz unnöthig,« sagte Mathilde, eine kräftige, blühende Blondine mit braunen Augen, »mir könnte Keine etwas Neues sagen, ich weiß vorher, wie mir's geht.«

»Oh! wie kann das ein Mädchen wissen?« rief Mirna.

– »Vortrefflich, wenn sie überhaupt weiß, was sie will,« entgegnete Mathilde. »Ich kann freilich nicht wissen, ob ich lange lebe oder bald sterbe, oder so was, ob Krieg und Pestilenz kommt und dergleichen, aber ich weiß doch, daß ich nicht heirathen werde.«

»Du?« fragte Minna ungläubig.

»Ja ich,« sagte Mathilde mit großer Bestimmtheit, »ich will der Welt zeigen, daß ein Mädchen keinen Mann braucht, um glücklich und brauchbar zu sein. Ich will ein Musterexemplar von einer alten Jungfer abgeben! – was mir allein leid thut, ist: daß ich nicht hunderttausend Gulden habe.«

–»So, weiter nichts?« fragte lachend Friederike, die hoch aufgeschürzt mit der umgebundenen Küchenschürze im Geschäftsschritt herbei kam, um die Milchschüssel in Empfang zu nehmen: »na, so kluge Wünsche haben noch andre Leute.«

»Ach, nicht des Besitzes wegen,« sagte Mathilde geringschätzig, »wer wird darauf Werth legen! nein, nur deshalb möcht' ich reich sein, daß man ganz gewiß wüßte, daß ich nicht heirathen will, daß es noch ein Mädchen gibt, das seinen Werth kennt, und sich nicht für eine Null hält, die nur durch vorgesetzte Zahlen Geltung bekommt.«

»Es wäre aber doch auch schön, solchen Reichthum zu theilen mit einem edlen Herzen,« meinte Minna schüchtern. »Mit einem edlen Herzen,« lachte spöttisch Mathilde, »dem du deine Seele und dein Leben und deinen Besitz zu Füßen legst, das dann dein Vermögen in Verwaltung nimmt und dich betteln läßt um jeden Kreuzer, mit dem du die Haushaltung und die Bedürfnisse des Pascha zu befriedigen hast! Nein, so lang die Stellung der Frauen eine so unwürdige ist, werde ich mich nie so weit vergessen. Wenn ich je heirathen würde, was aber nie geschieht, so dürfte bei uns gar nie die Rede sein von Geld, der Mann müßte mir's heimlich in die Kommode legen, eh sie leer würde. Gut verwalten wollt' ich's dann schon.«

»Wenn du nur so lang gesund bleibst, bis du so Einen findest,« meinte Friederike, die sich mit großer Sachkenntniß des Salats angenommen hatte, von dem Minna in der Zerstreuung die gelben Blätter auf den Boden, die grünen in die Schüssel gelesen hatte, »und das sag' ich dir, so große Brocken in die Milch darfst du auch einmal nicht machen, wenn du einen Mann hast.« – »O, die Männer essen ja gar keine saure Milch,« sagte Mathilde, und warf trotzig den Kopf auf, »sie würden sie sehr gern essen, aber ihr Magen erträgt sie nicht, oder sie haben Bier getrunken, – das ist für die Frau gut genug; dem Herrn bringt man dann Schinken, oder brät ihm einen jungen Hahnen, und die Frau sieht zu und ißt Milch, natürlich! Nein, behüt' mich Gott vor solcher Herabwürdigung!«»Es singt ein Vogel von fern, von fern:»Was ich veracht', das hätt' ich gern.«

sang halblaut eine ziemlich rauhe Stimme im Hintergrund; die Mädchen fuhren erschrocken zusammen, man sah aber niemand; nur der Amtmann kam nach einer Weile vom Feld heimwärts und ging an den Mädchen vorbei, ohne sie zu bemerken; der war aber nicht als Sänger bekannt, und hatte auch eben nicht, was man ein musikalisches Gesicht heißt.

Das Gespräch aber war dadurch unterbrochen und die Mädchen verschüchtert; Friederike nahm den Salat und rief: »so, ihr großen Geister, bringt die Milchschüssel nach, es ist noch Suppe einzuschneiden.«

Den Beiden eilte es damit nicht sehr, es war zu schön da draußen und sie waren zu glücklich im jungen Gefühl der ewigen Freundschaft, die sie seit vorgestern geschlossen hatten, als daß sie gern in die dumpfe Küche zurückgegangen wären.

»Sieh nur, Friederike, den wundervollen Sonnenuntergang!« rief Minna dieser nach. »Hab' keine Zeit dazu, sie kommt jetzt alle Tage,« rief Friederike eifrig und ging hinein. Die Mädchen sahen ihr lachend nach; »die würde den Mond noch zur Küchenampel machen,« sagte Mathilde; »vielleicht bleibt sie darum glücklicher.« – »Nein, o nein!« rief Minna mit feuchten Augen, »Gott behüte uns vor solchem Glück! je heller Licht, je tiefer sind freilich die Schatten, aber möchtest du darum immer unter grauem Himmel wohnen? Ach das Leid hat gewiß seine tiefe Schönheit.« – »Mag sein, wir wollen's aber abwarten, rufen wir's nicht herbei,« meinte Mathilde.

In dem Augenblick ließen sich fröhliche Stimmen hören. Bruder Eduard und zwei Vettern, die elternlos sich hier im Amthaus, ihrer zweiten Heimath, zusammenfanden, kamen von einem Ausflug in der Nachbarschaft zurück. »Nun guten Abend!« rief Eduard, »so fleißig? sorgt nur für etwas Gutes, wir sind hungrig.« – »Hungrig!« sagte Mathilde ironisch, »das ist also der einzige Gedanke, den ihr von einem so herrlichen Waldgang nach Hause bringt!«-»Nun, nun, nicht gleich wieder satyrisch!« rief Vetter Otto,»das leere Körbchen zur Seite zeigt doch, daß die Damen auch nicht allein von Himmelsluft und Blüthenduft gelebt haben. Wilhelm ist schuldig, daß wir so hungrig und müde sind, er hat uns um ein paar Schafe im ganzen Wald herumgejagt.

Wir, Eduard und ich, stellten nämlich im Walde in der Erinnerung an unsere Knabenzeit eine Hetzjagd dramatisch dar, da wurde eine Schafheerde von unserm Jagdruf und Herabspringen dermaßen erschreckt, daß sie nach allen Seiten auseinander rannte und Philar, der treue Hund, sie nimmer zusammen brachte. Nun nöthigte uns Wilhelm, der redliche Vikar, die Lämmlein in allen Büschen zusammenzusuchen, er schloß sich dann dem biedern Schäfer an und hörte ein Privatissimum über Stallfütterung und Schafraude, da ist's denn kein Wunder, wenn wir prosaisch geworden sind.«

»Wir haben aber doch an Euch gedacht,« sagte Eduard, und ein Programm für morgen gemacht: Morgens eine Wasserfahrt auf die grüne Insel, mit Musik und Gesang, Mittags Familientafel, Nachmittags Kaffee im Walde, Abends Hausball.«

Eben kam Friederike mit Milchtöpfen im Sturmschritt, wies Minna, die reuig über ihre Vergeßlichkeit ihre Hilfe anbot, trocken zurück, und rührte, unbewegt von Otto's und Eduards Spässen, die Milch mit einer stummen, entschlossenen Energie an, die ein schwerer Vorwurf für die zwei saumseligen Mädchen sein sollte.

Die Abendtafel wurde arrangirt; zu Mathildens innerer Indignation wurde den Herrn Schinken und Salat servirt, während die Damen sich mit Milch begnügten; es versöhnte sie nicht, daß man ihr, als dem Gaste auch anbot, sie trauerte nicht um sich, nur um ihr mißhandeltes Geschlecht.

Das Programm auf morgen wurde dem Papa vorgelegt und die Wasserfahrt vor der Hand genehmigt. Auch die Mutter hatte nichts dagegen, wenn man Pfarrers Emma dazu einlade; Friederike aber, die überall Schwierigkeiten fand, wußte, daß der Kahn keine Sitze mehr hatte.

»Thut nichts, wir legen ein Brett querüber,« sagte Eduard. -»Und Morgen früh sollten die Nudeln gewellt werden,« warf Friederike wieder ein,»wobei Mathilde helfen will, wir haben schon drei Tage auf sie gewartet, es muß nun sein: übermorgen kommt der Herr Oberamtmann.«–»Nun diesmal muß dann eben die Greth noch einmal helfen,« beruhigte die gute Mutter,»ich und die Mägde werden mit den Zurüstungen wohl allein fertig, du kannst wohl mit gehen, Rikchen.«–»Ich? gewiß nicht,« sagte diese entschlossen, »ich weiß, wie viel es noch zu thun gibt. Und tanzen dürft Ihr gar nicht, in dem Saal muß morgen schon der Tisch gedeckt werden.«

»Nur ruhig, Jungfer Schwierigkeit!« rief Eduard,»wir putzen ihn selbst wieder.«–»Das nicht, aber wir,« versicherte Minna,»und wir decken ihn dann übermorgen in aller Früh, es fehlt gewiß nicht!«– »Nun ja, in Gottes Namen, wir wollen sehen,« meinte die Mutter, während Friederike kopfschüttelnd den Tisch abräumte.

»Wie lang bleibt denn der Herr Oberamtmann hier?« fragte Otto. »Sein Geschäft dauert wenigstens drei Tage,« sagte der Vater,»ich habe morgen noch der Hände voll zu thun, bis ich alles vorbereite.«

»O weh, drei Tage mit so einem Pascha!« seufzte Eduard. –»Nun, ein so grimmiger Pascha ist er nicht,« beruhigte ihn die Mutter,»es ist ja nimmer der Alte, dieser ist noch ledig und eigentlich ein junger Herr, Wenn er gleich nicht so aussieht;»er macht gerade nicht viel.«–»Nur Rauch,« lachte Minna,»das wäre Einer für dich, Mathilde, und deine Ideen von Chevalerie!«–»Pfui, Mädchen, wer wird so ungescheidt sprechen,« zankte die Mutter,»so kleine dumme Mädchen wie Ihr, und der Herr Oberamtmann!«

»Wie wir?« und Mathilde warf wieder trotzig den Kopf in die Höh.

»Aber wie wird sich unser poetischer Nordstern mit dieser Beamtenprosa vertragen, Eduard?« fragte Vetter Otto.»Gar nicht,« lachte Eduard,»wir setzen den Oberamtmann zwischen Papa und Wilhelm, letzterer kann ihn dann über entlassene Strafgefangene unterhalten, und den Nordstern lassen wir den Mädchen.«–»Was für einen Nordstern?« fragte der Amtmann, der indeß in der Zeitung gelesen hatte, seine Brille hinaufschiebend.

»Ach, ich vergaß, Onkel,« sagte entschuldigend Otto,»Sie zu fragen, ob es Ihnen nicht unangenehm ist, wenn unser Freund, der Dichter Arwed Nordstern, Ihr gastliches Haus auf einige Tage besucht?«–»Nordstern? woher?«

–»Aus Welsburg nicht allzuweit von hier.« –»Nordstern? ist mir Keiner des Namens daselbst bekannt.« – »Ach,« sagte Otto, mit einiger Verlegenheit, »sein eigentlicher Name ist Haberstock, da er aber unter dem Namen Nordstern schreibt, so hört er sich lieber mit diesem nennen.«

»Na, hör, ich Hab' meinetwegen nichts gegen deinen Herr Haberstock, hab' schon allerhand Kostgänger gehabt, aber was den verstellten Namen betrifft, damit bleibt mir vom Leibe, wenn vollends der Oberamtmann da ist, das könnt' eine schöne Geschichte geben. Was studirt der Haberstock?« – »Eigentlich Kamerale, aber seit sein poetisches Talent erwacht ist, widmet er sich mehr allgemeinen Studien.«

»Gefällt mir nicht,« meinte kopfschüttelnd der Onkel, »habe noch niemals von einem poetischen Kameralverwalter gehört.« – »Der wird auch kein Kameralverwalter, Onkel, darauf kannst du dich verlassen, der macht seine Karrière! Und ein Redner ist er, solltest hören, was der famose Reden auf unsrer Kneipe hält! Ja, Onkel, der wird noch von sich reden machen!«

»Soll mir lieb sein,« sagte der Onkel phlegmatisch und schloß damit die Unterhaltung.

Der Ueberfall.

Recht goldig klar war der nächste Morgen und Minna, die gar wohl im Hause angreifen konnte, wenn es einmal über sie kam, hatte fröhlich singend das Frühstück besorgt, etwas kalten Küchenvorrath für die Seereise gerüstet, der Mutter bei den ungeheuren Anstalten für den Herrn Oberamtmann geholfen und harrte bereits reisefertig im Hut mit wehenden Bändern am Rande des Flusses, zu dem ein Pfad aus dem Garten führte, wo Eduard und Otto emsig mit der Zurüstung des Kahns beschäftigt waren; Friederike in Hauskleid und Küchenschürze stand bereits hinter dem Nudelbrett, würgte und wellte mit verzweifelter Entschlossenheit.

»Ein göttlicher Morgen!« rief Mathilde zu ihr herein. – »Ach ja, es ist Schade, daß wir nicht heut die Wäsche haben!« entgegnete Friederike.

»Gehst du nicht mit, Bäschen?« fragte Vetter Wilhelm unter der Küchenthüre. »Gewiß nicht,« sagte sie etwas patzig, »das wäre mir unmöglich, bei solchem Geschäft Schiff zu fahren!« Wilhelm versuchte vergeblich sie zu bereden und eilte hinab, wo das schon segelfertige Schiff eben von den Mädchen noch mit Blumen bekränzt wurde.

Eduard brachte Pfarrers fünfzehnjährige Emma herbei, die glühend roth vor Freude und Verlegenheit sich ins Schiff führen ließ, um ihren Platz neben den Mädchen einzunehmen, Vater und Mutter sahen wohlgefällig lächelnd zu, wie hübsch sich die junge Gesellschaft in dem bekränzten Kahn gruppirte, da – keuchte athemlos der alte Amtsbüttel herbei, sein entsetzliches Gesicht ließ das Schlimmste fürchten, noch eh er im Stande war, ein Wort hervorzubringen. »Der Herr Oberamtmann!« stieß er endlich hervor, als er zu Athem kam. – »Was, wie, wo?« schrie der Amtmann, diesmal auch außer Fassung, und packte den Alten am Rockkragen. »Heut! eben angefahren! Der Schreiber hat's falsche Datum gesetzt!« Und die Mutter sah von weitem Friederiken allerlei verzweifelte telegraphische Zeichen machen und bemerkte, daß das Gefährt bereits oben am Hause hielt, ja, daß der Herr Oberamtmann in höchst eigener Person auf die Gesellschaft zuschritt.

Eduard und Otto hatten große Lust, schleunig mit dem Schifflein in See zu stechen und so allen Wirren zu entfliehen, Minna's Tochterherz ließ aber nicht zu, daß sie die Mutter in solch kritischer Lage verließ, sie sprang wieder an's Land, eben als der Oberamtmann, die Pfeife im Mund langsam vom Haus herabspazierend am Ufer ankam.

Es war soweit ein stattlicher Herr, der Herr Oberamtmann, vorne in den dreißigen, noch jung für die hohe Staffel im Leben, die er bereits erstiegen, nur etwas zu umfangreich für seine Jugend. Der Amtmann war allerdings durch seine Ankunft in schweren Schrecken versetzt, faßte sich aber bald wieder; der Fehler des Schreibers war ja nicht der seinige. »Ja was thun wir, Herr Oberamtmann? meine Vorarbeit zu Ihrer heutigen Verhandlung könnte ich etwa den Vormittag zu Ende bringen, aber früher können Sie nichts vornehmen. Wenn sich der Herr Oberamtmann sonst unterhalten könnten? ....« Dieser hatte, wie es schien, mit einigem Wohlgefallen den bekränzten Kahn, das jugendliche Schiffsvolk betrachtet, obwohl er das durch nichts ausdrückte, als durch gelindere Rauchwölkchen, die er aus der Pfeife blies. »Weiß wirklich nicht, ob Sie Liebhaber von Wasserfahrten sind?« fragte der Amtmann zum Entsetzen seiner Frau, der das eine ganz freche Zumuthung vorkam. »Hab's noch nie versucht, wäre nicht abgeneigt,« ließ sich zum Schrecken der jungen Gesellschaft der Oberamtmann vernehmen, »ist das Brett fest?« – »Wir haben starke eichene Dielen!« bemerkte mit geheimer Ironie der Amtmann, geh', Eduard, hol eine herunter.« So mußte es denn sein; die Diele ward auf den Kahn gelegt, ihre Festigkeit probirt, die Frau Amtmännin hatte einstweilen in aller Eile den Mundvorrath noch reichlich vermehrt, namentlich mit einigen vielversprechenden Flaschen, was die jungen Leute wieder in etwas versöhnte mit dem aufgedrungenen Passagier, und hatte in lauterem Respekt ihren rothen Shawl, vierfach zusammengelegt, auf die Diele gebreitet, um den Sitz weicher zu machen, zu Mathildens großer Empörung.

Endlich war der Kahn segelfertig, Eduard und Otto, die sich insgeheim schämten, daß sie sich von dem Philister so verblüffen ließen, stimmten das allbekannte Schifferlied an und die Barke stach in See.

> Du Land der süßen Wonne,
> O Heimath, lebe wohl!

klangen die frischen jungen Stimmen herüber, die Mama vergaß einen Augenblick Respekt und Schrecken und Gastmahl in der Freude über den lieblichen Anblick, und der Amtmann lachte herzlich, als er den schwerfälligen Oberamtmann mit seinem Meerschaum unter den schlanken jungen Gestalten sitzen sah. »Der ist gut versorgt,« lachte er, »jetzt muß ich aber an's Geschäft. Wenn sie mir nur nicht meinen Oberamtmann über Bord werfen, er war ihnen grausig ungeschickt!« – »Ich mußte nur staunen über deiner Keckheit,« sprach die Frau, »du fürchtest auch gar niemand, du würdest den Kaiser von China spazieren schicken.« – »Närrchen,« sagte lächelnd der Amtmann, – »die Zeiten sind vorbei, wo ein Beamter so ein ungeheures Thier war, wir lassen ihm deshalb doch nichts abgehen.«

Friederike erschien wieder, ihre junge Stirn in die bedenklichsten Matronenfalten gelegt:»zu Nudeln ist's jetzt natürlich zu spät, ich denke: gebackne Suppe; der Schinken ist am Feuer und der Backofen angezündet.« Eilig folgte die Amtmännin ihrer umsichtigen Tochter und der Amtmann ging in seine Schreibstube.

Die Wasserfahrt.

Minna hatte alles Ernstes der Mutter und Schwester zum Beistand dableiben wollen, aber die gute Mutter gönnte ihr die Freude gar zu Wohl und hätte auch nicht passend gefunden, die jungen Leute allein fortzulassen, ohne das verbindende Mittelglied einer Schwester. Der Gesang und die herrliche Morgenluft, die wehenden Pappeln und Weiden der grünen Ufer, die frische helle Fluth, auf der sie hinglitten, wirkten mit all ihrem Zauber aus sie, sie vergaß den gegenwärtigen Oberamtmann, die verlassene Küche, alles ging unter in dem reinen süßen Gefühl des jungen Lebens; und nur die Tagträume, die flüchtigen Kinder, die da leben von Morgenluft und Blüthenduft, von Sternenglanz und Mondenlicht, wurden wach und umschwebten sie auch mit leisen Schwingen.

Es war wirklich viel, wenn man den Oberamtmann vergessen konnte, denn der saß recht breit auf seiner Diele, den Damen gerade gegenüber, er sah ganz behaglich und wohlhäbig aus, beurkundete auch seinen chevaleresken Sinn dadurch, daß er den Rauch seiner Pfeife möglichst auf die Seite blies, ja, er ging noch weiter: als er bemerkte, wie eng die Damen saßen, so daß Emma beinahe in Gefahr war hinabzugleiten, so deutete er, gegen sie gewandt, auf den leeren Raum neben sich und sagte:»Gefällig? Platz nehmen?« Unter heimlichem Kichern schoben die Mädchen die schüchterne Emma hinüber, die eigentlich jetzt erst aus lauter Verlegenheit nur halb saß und gar nicht aus dem Erröthen hinauskam, daneben aber doch in der Stille sich freute, bis sie diese wichtige Begebenheit und unerhörte Aufmerksamkeit, die ihr widerfahren, der Mutter daheim mittheilen konnte.

Vetter Wilhelm half überall auf dem Schiff, wo zu helfen war, besonders seinem Bäschen Minna, die seine Aufmerksamkeit kühl aufnahm, löste abwechselnd die zwei Ruderer ab und bewies sich viel ausdauernder als diese, auch sang er einen guten Baß, der dem

Gesang wohl anstand, der sich mehr und mehr belebte. All' die hübschen alten und neuen Schifferlieder wurden angestimmt: ›das Schiff streicht durch die Wellen‹, – ›das Wasser rauscht‹ – man glaubte sogar den Oberamtmann leise im Takt mitbrummen zu hören. Man fuhr durch unbekanntere Gegenden des Flusses, wo er von dichten Weidengebüschen eingefaßt, stiller hinzieht, wo das Schiff zwischen den glänzenden Blättern der Seerosen durchglitt und die Vöglein verwundert verstummten vor dem nie gehörten menschlichen Gesang. Minna schloß sachte die Augen und gab sich dem süßen träumerischen Reiz des Augenblicks hin. Da weckte sie Mathilde unsanft aus den lieblichen Träumen, indem sie sie in die Seite stieß und ihr zuraunte:»du, das ist doch unausstehlich!« – »Was?« – »Nun, jetzt hat er noch nichts als die vier Worte gesprochen.« – »Wer?« – »Ach, Euer dummer Oberamtmann.« – »Nun, so laß ihn schweigen, wenn's ihm Freude macht.« – »Nein, es ist unerträglich, und er ist ja noch gar nicht so alt, um sich so von allen Gesetzen des Anstandes dispensiren zu dürfen! Könnte er denn nicht mit der armen Emma ein paar Worte reden?« – »Ei, die Emma ist in sich hinein vergnügt ...« – »Hol' über!« rief's vom Ufer drüben, und verwundert sah die ganze Gesellschaft auf. Drüben, wo das Ufer wieder lichter geworden, stand eine schlanke Jünglingsgestalt in schwarzem Sammtrock mit fliegenden Haaren. »Ah, da ist er!« rief Eduard und Otto. – »Wer?« fragte sogar der Oberamtmann. »Unser Freund, Arwed Nordstern, ein junger Dichter,« beschied ihn Otto kurz, und sie stießen eilig hinüber, ohne auf die kurz ausgestoßnen dichten Rauchwolken zu achten, in denen der Herr Oberamtmann sein allerhöchstes Mißbehagen ausdrückte über diesen unverhofften Zuwachs.

»Aber woher kommst denn du in aller Welt?« fragten die Studenten den Nordstern, der leicht vom Ufer in das Schiff gesprungen war, ohne das Anlanden zu erwarten. »Ich kam im Amthause an, bald nachdem Ihr abgefahren waret,« berichtete dieser, »die Dame vom Hause war so gütig, mir den nächsten Weg zu weisen, auf dem ich Euch einholen könnte, und da bin ich!«

»Mein Freund, Arwed Nordstern,« begann nun Otto trotz des Verbotes des Amtmanns die Vorstellung:»meine Cousine, Minna Reinfeld, Fräulein Mathilde Berg, Fräulein Emma Müller, Herr Oberamtmann« – »Fürst,« ergänzte dieser kurz angebunden, »Und nun, mein lieber, du hast wie ich sehe die Guitarre bei dir, das soll unsern Gesang beleben, wir sind bald am Ziele. – ›Auf dem Meer bin ich geboren‹, stimmten sie wieder an, und unter den wohlvertrauten Klängen flog, mit frischer Kraft gelenkt, das Schifflein der grünen Insel zu, die das Ziel der Fahrt war.

Die Herrn legten an und halfen galant den Damen an's Ufer, der Oberamtmann stieg mit einiger Beschwerde selbst heraus; die Mundvorräthe wurden ausgeladen, wobei Mathilde bemerkte, daß Eduard eine leere Flasche in die Fluthen warf, die er und Otto heimlich hinter dem Rücken des Oberamtmanns ausgetrunken.

»Sahst du, wie widerwärtig er sich bei der Vorstellung benahm?« flüsterte Mathilde wieder zu Minna, er ist doch wahrhaftig nicht der große Mogul! und jetzt hat er sich den bequemsten Platz auf einem Baumstumpf ausgesucht, ohne ihn uns anzubieten; nein, so unkultivirt ist mir noch niemand vorgekommen.«

Minna hatte ganz andres zu denken, als an den unkultivirten Oberamtmann, hatte sie doch heute zum erstenmal einen Dichter gesehen, einen rechten, lebendigen Dichter! und dazu noch einen mit schönen schwarzen Augen und dunklen Haaren, die um eine edle bleiche Stirne flatterten,

> Wie das Laub von Trauerweiden
> Um die bleiche Marmortafel
> Ueber den begrabnen Freuden.

Und er ließ sich an ihrer Seite nieder und trank aus dem Glas, aus dem sie genippt, und sprach so wunderschön über den Zauber eines solchen Morgens, und auf Eduards Bitte erhob er sich und rezitirte sein neuestes Gedicht, das Thränen in die jungen Augen trieb. Arwed war der Held der Stunde, und der Oberamtmann gänzlich vergessen, obwohl er nicht ganz ohne Wohlgefallen zu der malerischen Gruppe hinüber dampfte: die Mädchen, in ihren weiten hellfarbigen Gewändern auf den Rasen hingegossen, die jungen Leute mit den oftgehobnen Gläsern, und vollends Arweds malerische Gestalt mit der Guitarre.

Der Oberamtmann selbst saß auf einem Baumstumpf wie der östreichische Beobachter und wäre am Ende fast um Speise und Trank gekommen, die doch großentheils um seinetwillen waren mitgegeben worden, wenn nicht Wilhelm, der heute gar wenig Gehör bei seinem Bäschen fand, sich seiner angenommen hätte.

Man hatte geschmaust und beschloß nun, einzeln kleine Entdeckungsreisen auf der Insel zu machen und sich Blumen zu suchen. Minna und Mathilde gingen zusammen.»Nein, ich bitte dich, jetzt bleibt der Klotz sitzen,« begann die aufgebrachte Mathilde wieder, »und hast du nicht gesehen, wie er Alles behielt, was man ihm gab, ohne an uns zu denken.« –»Nun, warum sollte er nicht?« –»Nein, ihr Landmädchen seid doch gar zu demüthig und haltet nicht auf die Würde unsers Geschlechts.« –»Ach, die hängt nicht am Anbieten eines Tellers!« –»Die hängt an Allem!« eiferte Mathilde immer heftiger,»gerade diese Kleinigkeiten sind es, die die Frau erheben oder allmählich unterdrücken. Ich glaube, du würdest wie Ottilie in den Wahlverwandtschaften den Herrn aufheben, was sie zu Boden fallen ließen!« –»Warum nicht, wenn mir's gerade näher liegt als ihnen?« –»Nein, du hast viel zu wenig Haltung, ich wollte einmal einen solchen Pascha in die Kur nehmen!« –»So nimm!« –»Ja, ja, ich wollt' ihm die Meinung sagen, ich wollt' ihn lehren, galant zu sein!« Da durchbrach Arwed das leichte Gebüsch:»erlauben Sie nicht, daß ich mich Ihrer Expedition anschließe? – ich glaube, daß wir dort in dem dichten Gehölz die schönsten Blumen finden.« Wilhelm, der seither gutmüthig eine einseitige Unterhaltung mit dem Oberamtmann geführt, kam eben mit einem Strauß schöner Anemonen, als er aber sein Bäschen bereits am Arm des jungen Dichters sah, trat er bescheiden zurück.

Mathilde wollte nach Emma sehen, und Minna, verlegen, mit dem interessanten Gast allein zu bleiben, lud den Vetter ein, mit zu gehen. Da ging denn der gute Wilhelm voran auf den ungebahnten Pfaden, die das fröhliche junge Paar einschlug, bog die Zweige zurück und räumte die Dornen weg, die ihnen im Wege waren, und als er einmal zurückblickte und sah, mit welch strahlendem Ausdruck Minna ihr Gesicht in eifrigem Gespräch zu dem Nordstern erhob, da flog ein trauriges Lächeln über das seine.

»Der Herr Oberamtmann wollen abfahren!« schrie Eduard mit einer Löwenstimme über die Insel hin. Minna fuhr zusammen:»ach, ich vergaß ganz ... und die gute Mutter daheim und Friederike, die sich so abmüht.« – »O, lassen Sie keinen Mißlaut den reinen Klang dieses Morgens stören!« bat Arwed, »das ist Sünde.« – »Aber, wenn ich eine Pflicht versäume?« sagte schüchtern Minna. »Pflicht!« rief Arwed. »Pflicht ist, unser Leben auszuleben, rein und schön und voll und ganz, die Stunde zu genießen, die Freude in uns zu saugen mit allen Fühlfäden unseres Wesens und uns die Prosa fern zu halten; es gibt immer noch Erdwürmer genug, die mit Lust im Staube wühlen: der Adler fliege in die Lüfte, der Schmetterling schwebe über Blumen! Ist es auch Bestimmung der Rose, daß sie Oel aus sich pressen läßt?« – »Aber es ist Bestimmung des Blüthenbaums, daß er Frucht bringt,« warf Wilhelm ein. »Nun ja, dazu ist's Zeit, wenn die Blüthe abgefallen ist!« rief Arwed, »indeß:

»Vivez, aimez, c'est la sagesse,
Hors le plaisir et la tendresse
Tout est mensonge et vanité!«

Indeß hatten sie das Ufer erreicht, wo das Schiff bereits wieder segelfertig war. Mathilde flüsterte Minna noch in höchster Empörung die neue Unthat des Oberamtmanns zu, daß er sich nur ohne Weiteres wieder in's Schiff gesetzt und dadurch das Zeichen zum Aufbruch gegeben habe, ohne sie, die Damen, nur im Mindesten um ihre Meinung zu fragen.

Minna hatte nicht Zeit, ihre Entrüstung zu äußern, sie setzte sich, Arwed, mit der Guitarre zu ihren Füßen, der Oberamtmann wandte sich fragend an ihn: »Musikus?« – »Literat, mein Herr, und Studierender im Augenblick,« sagte Arwed, glühend roth, in aufbegehrendem Ton.

»Hab' nichts dagegen,« lautete des Oberamtmanns trockene Antwort, nach der er wieder in sein Schweigen versank und ziemlich starke Rauchwolken von sich blies.

Das Schiff ging nun stromabwärts leicht und leise, die Ruderer hatten es nur zu lenken, und überließen sich behaglich hingestreckt der Ruhe, man sang noch: ›Ein Schifflein ziehet leise,‹ dann verstummte allmählich der Gesang, die Schiffer schliefen ein, der Oberamtmann doste, Emma saß wieder ganz in sich vergnügt, Eduard hatte sie um ihr Sträußchen gebeten und hatte es jetzt in's Knopfloch gesteckt, darüber erröthete sie nun einmal über's andre, so oft ihr's einfiel, und besann sich, ob sie auch recht gethan, es ihm zu geben, und ob sie das auch daheim der Mutter sagen solle; Wilhelm blieb wach und lenkte das Schifflein, wo es drohte aus dem Geleis zu kommen, Minna vermied gern seinen Blick, der ihr heute so traurig vorkam, und vertiefte sich in eifrige Gespräche mit Arwed.

Plötzlich fuhr Mathilde, die indeß still dagesessen, hastig auf und faßte den Oberamtmann beim Arm, mit dem Ruf:»Sie fallen ja in's Wasser!« Wirklich war er in seinem Schläfchen nahe daran gewesen, das Uebergewicht zu bekommen und über Bord zu stürzen. Etwas ärgerlich richtete er sich auf, setzte sich wieder fester und brummte:»Dumme Anstalt!« Gegen Fräulein Mathilde aber lüftete er den Hut und sagte in einem Ton, den man ihm nicht zugetraut hätte:»Sehr verbunden.«

Das Land war erreicht, nur für die Minderzahl der Passagiere zu früh, man stieg aus, und es ereignete sich dabei zu männiglichem Erstaunen, daß der Oberamtmann Mathilden die Hand bot, freilich, als sie eben ausgeglitten war und gefallen wäre. Dann aber schritt er, unbekümmert um die Gesellschaft, dem Hause zu, Emma ließ es mit großer Verlegenheit geschehen, daß Eduard sie nach Hause begleitete, nur weil sie zu schüchtern war, es abzulehnen, Minna eilte, so schnell sie konnte dem Hause zu und suchte durch doppelte Geschäftigkeit ihre lange Versäumniß gut zu machen, wobei sie von Friederike, die im vollsten Feuer stand, etwas schnöde zurückgewiesen wurde.

Der Waldgang

Das improvisirte Gastmahl machte der Frau Amtmännin und Friederike alle Ehre, auch die Unterhaltung war lebendig und der neue Gast wurde mit der gemüthlichen Höflichkeit des Hauses in den Kreis aufgenommen; nur der Amtmann brachte ihn dadurch etwas außer Fassung, daß er ihn beharrlich»Herr Haberstock« anredete, und sich, da er in Welsburg bekannt war, in ausführliche Erörterungen über die Familie Haberstock mit ihm einließ.

Der Oberamtmann war nichts weniger als ein Polizeispion und froh, wenn man ihn außeramtlich mit Amtsgeschäften in Ruhe ließ;

24

bei dieser Namensveränderung wandte er aber doch ein aufmerksames Ohr hinüber und fragte:»Haberstock?«

»Allerdings, Herr Kameralis Studiosus Haberstock aus Welsburg,« stellte der Amtmann förmlich vor, und fügte halblaut gegen den Oberamtmann entschuldigend bei:»Der Name Nordstern ist nur so eine Art von Cervisname oder Unnamen, wie sich die jungen Leute als zum Spaß geben.« – »Hab' nichts dagegen,« sagte der Oberamtmann; selbst Minna nahm den Namenwechsel nicht zu hoch auf, *ihr* war er ein Nordstern und ein Südstern, ein Morgen- und Abendstern geworden, ein Stern, der allenthalben an ihrem Himmel stand.

Die Tafel war aufgehoben, der Kaffee unter der Linde getrunken, der Oberamtmann hatte auf dem Sopha der Visitenstube ein ruhigeres Schläfchen gemacht, als auf dem trügerischen Element, und sich dann mit dem Amtmann auf's Rathhaus begeben. Die Jugend trat den Waldspaziergang an, zu dem sich diesmal auf eifriges Zureden der Mutter auch Friederike bewegen ließ, nicht ohne ein umfangreiches Strickzeug: leinene Socken mit zweierlei Garn, in die Tasche zu stecken.

»Zum Wald, zum Wald! da steht mein Sinn«

wurde nun angestimmt, und die grüne Dämmerung, mit ihren lockenden Pfaden, mit ihrem Wehen und Rauschen, mit den fernen, blauen Bergen, die sich zwischen die hohen Eichen stehlen, mit all ihrem vielbesprochenen und vielbesungenen und doch so unergründlichen Zauber, nahm sie auf.

Sie suchten die letzten Maiblumen und die ersten Erdbeeren, sie banden Kränze von jungem Eichenlaub und entdeckten heimliche und unheimliche Plätzchen und Verstecke; nur die arme Mathilde ließ heute das Gefühl der beleidigten Würde ihres Geschlechts nicht zum reinen Genuß der Gegenwart kommen.»Nun bitte ich dich, wie war's denn möglich, nach einem solchen Dejeuner noch so zu essen, wie dieser Oberamtmann, und immer wieder zuerst genommen!« – »Aber so gönne ihm doch, wenn's ihm schmeckt!«

»Nein, und die Umstände, die ihr mit ihm macht! Ein Oberamtmann ist ja gar nichts so Großes! Mein Vater war doch Medizinalrath, das ist immerhin noch mehr, und es ist uns noch nie eingefallen, darauf Ansprüche zu begründen.« –»Ich weiß aber wirklich nicht, was du auf den armen Oberamtmann hast, er ist ein harmloser Mann und guter Beamter, und du hast ihm dazu noch heute das Leben gerettet! Und als du diesen Mittag den Tisch verlassen, sah er dir noch nach und sagte zu der Mutter: ›artiges Frauenzimmer!‹ das ist vom Oberamtmann schon unerhört.« –»In der That! ihr seid doch recht bescheiden!« sagte Mathilde mit einigem Erröthen.»Nun freilich, was das Essen betrifft, so hat der Nordstern für einen Dichter auch einen recht gesunden Appetit gezeigt.«

»Das habe ich nicht bemerkt, bin auch nicht gewöhnt, unsern Gästen die Bissen in den Mund zu zählen,« sagte Minna höchlich piquirt. –»Nun, nun, Minchen, sei zufrieden, wir wollen darüber nicht unsern ersten Streit bekommen, schau, da geht dein Nordstern aus!«

Während Minna und Arwed sich Kränze von Eichenlaub flochten, saß Friederike auf einer Steinbank und strickte so eifrig, als bedürfte heute noch jemand besagter leinener Socken, um seine Heimath zu erreichen. Der gute Wilhelm leistete ihr Gesellschaft. »Hättest du denn nicht Lust, Rikchen, auch ein wenig tiefer in den Wald zu gehen?« fragte er sie.»Ach nein, es kommt mir unnöthig vor, wir sind ja durch den Wald heraufgekommen und hier ist mir's schön genug.«

»Gewiß, aber vielleicht finden wir noch einige Maiblumen.« –»O, man wird von den Bettelkindern so mit Sträußen überlaufen, ich wüßte nicht wohin mit neuen!«

»Sieh, wie hübsch!« rief Wilhelm, als Arwed und Minna mit Eichlaubkränzen den grünen Pfad herabkamen, auch Emma erschien hoch erröthet mit einem Kranz um ihren Strohhut und Eduard trug nach Jägerart einen Zweig an der Mütze, Mathilde hatte mit Otto ein nothgedrungenes Bündniß geschlossen und sarkastische Bemerkungen über die anwesenden Paare und den abwesenden Oberamtmann ausgetauscht, auch sie hatte einen Kranz um ihre blonden Haare nicht verschmäht.»Nun müssen wir uns doch auch bekränzen,« meinte Wilhelm, eifrig Eichenlaub pflückend.»Ich danke, um den Kopf thue ich keinen Kranz,« sagte Friederike trocken,»die Leute halten uns ja für Narren, wenn wir so heimgehen.«

»Immerhin!« rief Arwed, »eine Stunde glücklicher Narrheit ist ein ganzes, langes, vernünftiges Leben werth!«

Friederike ließ sich denn doch noch bewegen, ein Sträußchen anzustecken, packte dann eifrigst ihr Strickzeug zusammen und erklärte, sie müsse heim, die Andern könnten thun was sie wollten.

Die Paare setzten sich in Bewegung, die Guitarre hatte Arwed daheim gelassen, deklamirte aber dafür ein Waldlied, eigene Dichtung, mit dem Refrain:

O du grüne Nacht, du heimliche Nacht,
O du süße, du herrliche Waldespracht!
Ich trage mein tiefes, unendliches Leid
In deine stillheilige Einsamkeit.

Mathilde, die heute recht bösartig sein konnte, unterbrach ihn nach einer Strophe: »Aber, Herr Nordstern, worin besteht denn eigentlich Ihr tiefes Leid? Sie haben uns ja erst diesen Morgen gesungen:

»Die Erd' ist eine Schaale Von grünem Edelstein, Draus schlürf ich froh das Leben, Den glüh'nden Feuerwein!«

Ein zorniger Blick traf sie, dessen man Minna's sanfte Augen nicht fähig gehalten hätte, Arwed aber ließ sich nicht niederschlagen und erwiederte der Spötterin aus dem Stegreif:

»Was ist des Dichters Freude?
Nur eine schimmernde Thräne,
Was ist des Dichters Leide?
Ach nur ein seliges Sehnen.«

»Hat einen Buchstaben zu viel,« flüsterte die boshafte Mathilde, der Minna beinahe die Freundschaft aufgekündigt hätte.

Man näherte sich indeß dem Amthause. Die Bauern, die dem kleinen Zug begegneten, sahen etwas verwundert auf die bekränzten Paare, ein kleines Mädchen fragte zu Minna's tiefem Erröthen:

»Mutter, ist dehs a Hauzig?«[1] weßhalb Friederike darauf bestand, daß sie die Kränze ablegen müßten. Vergeblich! Otto raubte ihr ihr Strickzeug, spießte es auf seinen Stock und trug es im Triumphe voran, als Zeichen, wie er sagte, daß auch solide Leute nachkommen. Beleidigt darüber, machte sie sich trotz alles Widerstands von der Gesellschaft los, und stand bereits, Cottelets klopfend, in der Küche, als die andern singend zum Hause einzogen, nur der gutmüthige Wilhelm war ihr nachgeeilt und hatte ihr ihr Strickzeug ausgeliefert.

Der Hausball war natürlich unstatthaft, und der inhaltreiche Tag endete mit einem Souper *on famille* ohne weiteres Ereigniß, als daß der Oberamtmann Mathilden eine Platte mit Waffeln angeboten, Notabene, nachdem er sich selbst zuvor genommen hatte, und daß er einigemal, namentlich mit Wilhelm, etliche Worte mehr gesprochen hatte, als seine gewöhnliche Phrase:»Hab' nichts dagegen.«

Das Ständchen.

Es war schon ziemlich spät in der Nacht. Minna war darauf bestanden, Friederiken in, der Küche zu helfen, bis sie beide zusammen zu Bette gehen konnten. Friederike war mit der Mahnung:»Lösch gleich das Licht!« alsbald in gesunden Schlaf gesunken, Minna aber war noch so wach! sie öffnete das Fenster und sah in die helle Mondnacht hinaus, – da legte sich leise Mathildens Hand auf ihre Schultern, die aus ihrem Stübchen daneben herübergekommen war.»Bist du böse, Minchen?« fragte sie gutmüthig.»Ich? o nein, warum denn?« –»Nun, weil ich deinen Nordstern so angegriffen.« –»Ach gewiß nicht, aber es that mir doch weh, daß du...«in Minna's Augen glänzten Thränen.»Aber Kind, Kind!« sagte Mathilde, lächelnd mit dem Finger drohend,»du wirst doch nicht so thöricht sein und auf einem Regenbogen deinen Weg durch's Leben machen wollen!«

»O geh,« sagte Minna, jetzt in Thränen ausbrechend,»Wer denkt denn an so etwas! er ist mir ja fremd und ganz, ganz gleichgültig, – aber es thut mir nur weh, daß auch du das Schöne und Ideale her-

---

[1] Hochzeit.

abziehen willst...« – »Ganz, *ganz* gleichgültig, Minchen?« fragte Mathilde.

Minna konnte nicht antworten, drunten aus der nächtlichen Stille tönte der leise Klang einer Guitarre, eine schöne männliche Stimme begann in etwas gedämpftem Ton zu singen:

O gib vom weichen Pfühle
Träumend ein halb Gehör.
Bei meinem Saitenspiele
Schlaft! was willst du mehr!

Beim ersten Klang waren die Mädchen unwillkührlich an's Fenster geeilt, da lehnte im Schatten eine schlanke, edle Gestalt mit der Guitarre im Arm. Minna zog sich leise zurück, sie kniete nieder an dem Stuhl am Fenster, um nicht gesehen zu werden, und barg ihr Gesicht in die Hände, aber Mathilde konnte sehen, wie ihre Brust sich hob und senkte in heftiger Bewegung, wie sie die glänzenden Augen hie und da erhob, um besser zu lauschen; es war ja das erstemal!

»Bei meinem Saitenspiele
Segnet der Sterne Heer...«

begann der Sänger wieder, da streckte ein Stockwerk weiter unten der Herr Amtmann seinen Kopf in der weißen Nachtmütze aus dem Fenster: »darf keine Musik da drunten gemacht werden! schickt sich nicht.«

Plötzlich erstarb der Ton, und man hörte nur das leise Geräusch eines sachte Abziehenden. Mathilde lachte herzlich über die Unterbrechung, Minna erhob langsam ihr glühendes Gesicht und sagte leise: »aber du solltest nicht lachen, du mußt dich morgen entschuldigen.« – »Ich! warum?« – »Nun, es hat doch dir gegolten,« sagte Minna noch verlegner. »Mir! o du dummes Kind, wie magst du so lügen! und weißt doch so gewiß, wem es galt! Steck immerhin den Kopf in den Busch, man sieht dich doch!« – »Ach nein, aber es wäre mir doch gar zu unangenehm, wenn es ja sonst jemand gehört hätte! und der Papa! meinst du, Arwed habe es wohl übel genommen?« – »Ach nein, deinen Vater kennt ja jedermann.« – »Vielleicht hat er auch nur zufällig da unten noch gesungen,« meinte Minna. »Ganz zufällig,« lachte Mathilde und küßte ihre heißen Wangen: »gute Nacht, Minchen!

> Schlummre süß,
> Träume dir dein Paradies!«

Mathilde hatte ihr Licht schon gelöscht und war am Einschlafen, da flüsterte ihr noch eine leise, leise Stimme in's Ohr: »meinst du, es habe mir gegolten?« und sie fühlte Thränen an ihrer Wange; ehe sie sich aber aufrichten konnte, war Minna hinübergeschlüpft, um schlummerlos seligere Träume zu träumen, als der süßeste Schlaf bringen kann.

So schloß ein Tag, – ein sonnenheller Tag. Wie manchen Baum sehn wir in voller Blüthe; der Herbst muß zeigen, ob die Blüthe eine gesunde war.

Nach drei Jahren

Mathilde an Minna

Liebste Minna!

Ihr habt immer behauptet, ich komme nie in Verlegenheit, und ihr habt mir damit sehr Unrecht gethan, denn gerade jetzt bin ich in der allergrößten Verlegenheit, wie ich Dir eine Neuigkeit mittheilen soll, die Du doch erfahren mußt. Nun, ich sehe aber auch gar nicht ein, warum mich's verlegen machen soll, habe ich doch auch ein Recht, zu thun was ich will, so gut wie andre Leute. Also, jetzt sag' ich's gerade heraus und Du brauchst dich gar nicht zu wundern, hörst Du's! Seit gestern Abend bin ich Braut mit dem Regierungsrath Fürst, nun ja, mit Eurem Herrn Oberamtmann vor drei Jahren. So, jetzt weißt Du's, und am Ende überrascht Dich's nicht einmal.

Wie es eigentlich gekommen, das ist schwer zu sagen, ich weiß es selbst nicht so recht. Du weißt ja, daß er als Regierungsrath hieher befördert wurde und daß der Zufall es fügte, daß er sich in demselben Haus einmiethete, wo wir wohnten. Er wußte natürlich nichts davon; als ich ihm aber einige Tage nach seiner Ankunft im Hausgang begegnete, erkannte er mich zu meiner Verwunderung und sagte mit einer kurzen Verbeugung:»Fräulein Berg? schon 'mal das Vergnügen...« Du weißt, das ist schon viel von ihm.

Er machte der Mutter einen Anstandsbesuch, und da er sehr solid lebt und viel zu Hause ist, so kam er noch manchesmal, meist nach Tisch zum Kaffee. Du weißt, er spricht nie viel, und ich kann nicht ertragen, wenn nichts gesprochen wird, so habe ich denn vielleicht manchmal unnöthig viel geredet. Das erstemal rauchte er nicht bei uns, sah aber so unbehaglich aus, daß ich das nächstemal fast froh war, als er seine Pfeife herauszog und die Mutter fragte:»genirt nicht?« Es war zwar unartig, daß er mich nicht auch gefragt, aber, was wollt' ich machen? es freute mich doch zu sehen, wie es ihm nun behaglich wurde, und man sagt mir, daß der Tabakrauch gut für meine Blumenstöcke sei.

Nun, daß ich's kurz mache, wie ich einmal heimkam, sagte mir die Mutter, daß der Regierungsrath bei ihr um mich geworben (ich wäre gar zu gern dabei gewesen, da muß er doch mehr als drei Worte gesprochen haben!), und morgen wolle er kommen und meine Antwort holen. Ich fiel wie aus den Wolken. Die Mutter wünschte, daß ich Ja sage, denn er ist sehr geschickt (und auch gescheidt und gebildet, ich versichere Dich, obgleich er so wenig spricht), aber sie ließ mir ganz freie Wahl. Nun, zuerst wollt ich gar nicht, dann wollt' ich mich besinnen, aber lange, recht lange; das Warten würde ihm gar nichts schaden. Dann beschloß ich endlich, ihn doch am nächsten Tage kommen zu lassen, aber nur um ihm all meine Bedenken wegen seiner Schweigsamkeit, seines Mangels an chevalereskem Benehmen, überhaupt meinen Zweifel, ob er ächte wahre Liebe für mich empfinde, auseinander zu setzen; das Jawort, wenn ich mich je dazu entschlöße, wollt' ich ihm noch recht sauer machen!

Wie er nun am nächsten Tag die Treppe herauf kam, versteckte ich mich, und war erst auf Zureden der Mutter zu bewegen, herein zu gehen. Da saß er: mit der Pfeife, die legte er aber bei Seite, das war schon viel von ihm, nicht wahr? Ich erwartete mit klopfendem Herzen, er werde nun seine Werbung bei mir selbst anbringen, und ich gestehe, ich war recht begierig, wie er das machen würde. Er aber sprach kein Wort, er sah mich nur an, als ob er von mir eine Erklärung erwarte, und als ich schwieg, fragte er endlich:»Mutter gesprochen?« Nun konnte ich's doch nicht ignoriren, ich sagte also, daß ich durch die Mutter von seinem ehrenvollen Antrag wisse, daß ich aber fürchte, unsre Naturen stimmen nicht zusammen...»Gerade,« warf er ein. – »Daß ich fürchte, es sei nicht tiefe innige Liebe, die ihn zu mir führe«...»was sonst?« fragte er: das machte mich etwas verlegen und – »daß ich fürchte, er verstehe und achte die tieferen Herzensbedürfnisse, die zarteren Rechte und Ansprüche meines Geschlechtes nicht genug,«... ich verwickelte mich wirklich ein wenig; es brachte mich so aus der Fassung, daß er auch kein einziges Wort erwiderte. Als ich still blieb, stand er langsam auf und fragte:»also nein?« Ich versichere Dich, Minna, er sah dabei recht traurig aus, da dauerte er mich doch, und ich sagte etwas vorschnell in meinem Mitleid:»nun, das nicht gerade.« – »Ja?« fragte er und bot mir die Hand hin.»Nun, verachte mich nicht, Minchen, ich gab ihm die meinige, und eh ich wußte wie? stand ich als seine Braut vor der Mutter. Es ärgert mich jetzt noch, daß ich's ihm nicht ein Bischen schwerer gemacht, und daß er mich eigentlich erschwiegen hat, nicht errungen; aber ich kann nichts mehr ändern, es ist geschehen, und ich versichere Dich, er fühlt sich *sehr* glücklich, wenn man's ihm auch kaum anmerkt. Ich fürchte, daß ich ihn noch ein wenig verwöhne, aber das gibt sich mit der Zeit; als Braut muß man doch sachte thun mit Reformen. Die Pfeife bin ich nun schon gewohnt, ich kann mir Ludwig gar nicht mehr ohne sie denken. Denke, er spricht schon von Hochzeit; richte nur den Brautjungfernstaat.

Deine Herzensangelegenheit, meine arme liebe Minna, habe ich nicht vergessen. Ludwig muß mir versprechen, für Deinen Arwed ein kleines Amt aufzufinden, das er ohne das leidige Examen erlangen kann, da Dein Vater nun eben darauf besteht, Deine Zukunft auf festern Boden als die Schwingen eines Pegasus zu gründen. Ludwig, der sich's selbst mit seinen Studien sauer werden ließ, denkt zwar etwas streng und reell, und ich weiß noch nicht, wie ich's ihm beibringe, aber ich sorge gewiß dafür. Da ich nun einmal meine goldne Freiheit verscherzt, kann ich nichts Besseres thun, als mich in der Gefangenschaft glücklich fühlen, und dann darfst Du, meine Liebe, auch nicht unglücklich sein.

Und nun lebe wohl, beklage mich nicht zu sehr, ich schicke mich ordentlich in mein Loos; um nicht zu viel auf einmal zu sagen, unterschreibe ich mich inzwischen

Deine

zufriedene Mathilde.

Noch eins! Bitte Friederike, mir eine Sammlung erprobter Kochrezepte, hauptsächlich zur Bereitung von Braten und Ragouts zu schicken, Ludwig ißt alle Sonntag Abende mit uns, da möcht' ich doch einige Abwechslung in unser gewöhnlich so einfaches Souper bringen.

Sechs Jahre später

Minna an Mathilde

Endlich am Ziele! Endlich darf ich Dich, wenn auch nicht mehr als Brautjungfer, so doch als ehrbare Brautfrau, als meine liebe theilnehmende Gefährtin zu meiner Hochzeit einladen. Wir wollen sie am zwölften Juni feiern, acht Jahre nach jenem sonnigen Tage, wo wir uns zum erstenmal gesehen. Acht Jahre! ach sie dünken mir nicht lauter einzelne Tage, wie dem Erzvater Jakob seine sieben, es sind lange schwere Jahre darunter.

Ich bin so müde von dem sauren Wege, den wir zu durchlaufen hatten, daß ich mich noch nicht recht des Zieles freuen kann, und ich muß mir die schönen ersten Zeiten recht lebendig zurückrufen, um meines Glücks wieder froh zu werden. Jene Wasserfahrt, weißt Du's, Liebe, und das erste Ständchen? O, es kamen noch schöne Stunden nach diesen: im Walde, im Garten, selige Überraschungen, wo er oft rasch angesprengt kam auf seinem schäumenden Roß, wo er mich suchte auf meinen lieben einsamen Gänger, und wo in der Laube zum erstenmal unsre Herzen Worte fander; – Du weißt ja längst schon alles. Es war so einzig schön bis zu dem Augenblick, wo ich mich dem Vater entdeckte und dieser von Arwed ernste Rechenschaft forderte: worauf er die Zukunft seines Kindes gründen wolle. Ach, wir hatten so glückselig im Augenblick gelebt, und Sorge für die Zukunft ist so gar nicht unsre Sache!

Und dann kamen die langen, trüber Zeiten, der schmerzliche Kampf zwischen Liebe und Pflicht, o es ist ein schweres Gefühl, zu lieben ohne Elternsegen, das erste Leid, den ersten Zwiespalt in eine bis dahin so friedliche und frohe Heimath zu bringen! Und wie peinlich war mir wieder die Sorge, mit diesen Forderungen an eine solide Existenz ein Bleigewicht an Arweds hochstrebende Talente zu hängen, so oft mich auch der Vater versicherte: *wenn* etwas Rechtes in ihm ist, so *muß* es herauskommen dir zu Liebe. Dann der Zweifel an dem Geliebten selbst, an dem Ernst seiner Liebe, die geheime Furcht, mit der ich seine Worte, seine Blicke beobachtete, ob sich kein leiser Ueberdruß darin zeige! O Mathilde, Arwed muß mir unendlich viel Liebe und Treue erweisen, er muß mich auf den Händen tragen durchs Leben, um mir alles zu vergüten, was ich für ihn gelitten!

Vor zwei Jahren, am Sterbebett der Mutter, bot ich den Eltern an, meiner Liebe zu entsagen; die gute, ach, die *zu* gute Mutter nahm mein Opfer nicht an.»Du sollst nicht in der Bewegung des Augenblicks deine Wünsche hingeben,«sagte sie,»bitte Arwed, daß er dir Vater und Mutter sein soll, und versprich du mir, daß du glücklich mit ihm sein willst, meinen Segen sollst du haben, liebes Kind, von hier und von dort.« Die gute Mutter! kann man auch *versprechen,* daß man glücklich sein wolle?

Doch warum mich quälen mit dem, was nun vorüber ist? wir sind ja im Hafen, und wir werden so glücklich sein! Gewiß, gewiß, Arwed wird mir alles, alles ersetzen! eine selige Stunde für jede Thräne hat er mir verheißen. Es ist ein bescheidenes Loos, das uns gefallen, aber

ein Herz nur ach! und eine Hütte!

mehr haben wir ja nie gewünscht. Die Bedienstung, um die sich Arwed mir zu liebe bemühte, und die uns die Güte Deines Mannes verschafft, reicht gewiß für alles Nöthige, und einmal bahnt sich Arweds Talent sicher noch den Weg; hat er doch die Herausgabe seiner Gedichte erlangt, wenn auch zunächst noch mit Opfern; und eine Rezension von seinem Freund Woldemar ist recht günstig. Er dichtet, Dir im Vertrauen gesagt, an einem großen Epos: Otto der Thatenlose; das *muß* unser Glück begründen, wenn es vollendet ist.

Wir haben eine allerliebste Wohnung in einem Garten gemiethet, etwas theuer und entlegen, aber die Heimath muß uns ja Alles sein, darum richte ich mich auch in der Einrichtung ganz nach Arweds Wünschen. Eine schöne harmonische Umgebung ist für einen Dichter Bedürfniß, daran kann ich nicht sparen, nachher wollen wir denn schon recht einfach leben. Eine kleine Reise wollen wir uns auch nicht versagen, ich bin so lange nur in Gedanken gereist, und Arwed möchte mir gerne die schönen Stellen zeigen, wo er zuerst erfaßt wurde vom Hauch der Poesie. Nur wenige Wochen in die Schweiz, eh wir uns einspinnen in unsre Hütte und Arwed auf die Kanzlei muß; – trostloser Gedanke!

Wilhelm, dem guten Vetter Wilhelm, haben wir zunächst für des Vaters Nachgiebigkeit zu danken. Es ist ein treues Herz, so oft wir auch über seine Philisterhaftigkeit gelacht haben. Es hätte ihn nur ein Wort von seiner Liebe, die ich so wohl errathen, bei dem Vater gekostet, so hätte es mir schlimmes Spiel gemacht, denn des Vaters Wünsche waren unschwer zu errathen; aber die gute Seele hätte lieber dem Vater weis gemacht, er verabscheue mich, nur um mir nichts zu erschweren. Ich glaube, er ist aus purer Güte noch im Stand und wirbt um Friederike, die, soweit ihr Herz nicht im Küchendampf aufgegangen ist, ein sichtliches Interesse an ihm nimmt.

Was diese mir in den letzten Jahren mit ihrem nüchternen Gutachten, ihrer Geringschätzung Arweds, zu Leide gethan hat, das vergütet sie jetzt durch ihre umsichtige Fürsorge für Aussteuer, Hochzeit u. dgl., wiewohl es lauter Wettrennen mit Hindernissen sind.

Also komm gewiß, wenn es Dein gestrenger Herr erlaubt; ihn selbst einzuladen hätte ich nicht den Muth, da unsre Hochzeit nicht zu den Weltereignissen gehört, die ihn bewegen könnten, einen Tag Urlaub zu nehmen.

Komm, meine Liebe, und bringe mir die Erinnerung der alten Tage mit und mein junges hoffnungsreiches Herz. O zweifle nicht, daß ich mich glücklich, überglücklich fühle! Aber Liebste, wenn ich nimmer leben sollte bis Deine Lina erwachsen ist, so sag' ihr als Vermächtniß ihrer Pathe: sie soll nie, nie ein Glück erzwingen wollen gegen der Eltern Willen. Lebe wohl, zum letztenmal

Deine
Minna Reinfeld.

Friederike an Eduard

Lieber Eduard!

Obgleich Du ja bald zu Minens Hochzeit hieher kommst, so meint der Vater doch, ich solle Dir vorher noch mittheilen, daß ich seit gestern mit unserm Vetter Wilhelm, der, wie Du weißt, Pfarrer in Waldburg ist, versprochen bin. Ich bin recht glücklich, einen so rechtschaffenen Mann zu bekommen, auch der Vater ist sehr vergnügt darüber. Die nahe Verwandtschaft hat uns einiges Bedenken gemacht, aber Du weißt, daß Wilhelms Mutter ja nur eine Halbschwester von unsrem Vater war. Auch ist in Wallburg Wassermangel, was ich gar nicht leicht nehme, aber Wilhelm meint, man werde einen Brunnen im Pfarrhof graben können; ich denke, die Kosten übernimmt die Herrschaft.

Mit der Hochzeit eilt es natürlich nicht, ich sehe noch gar nicht hinaus, wie wir mit den Sachen der Mine fertig werden, da alles auf mir allein liegt. Du könntest vielleicht einen Kalbsschlegel zur Hochzeit bestellen, ein Schwein schlachten wir selbst.

Mine ist für gar nichts, ich weiß nicht, was die für eine Hausfrau geben soll, sie schreibt die schönsten Briefe in einer Stube so voll Gruft, daß ein Reiter sammt dem Pferd darin verloren gehn könnte; ich muß allein für alles sorgen.

Nun behüte Dich Gott; Wilhelm grüßt Dich recht schön als seinen neuen Schwager; schicke Deine Waschkiste nimmer vor der Hochzeit, ich halte die große Wäsche nachher.

Wir grüßen Dich Alle

Deine treue Schwester
Friederike.

N. S.

Die verwittwete Frau Pfarrer Müllerin kann dem Vater die Haushaltung führen, wenn ich nimmer daheim bin.

II. Am Mittag

Wenn der letzten Steine bleicher Schimmer
Deiner Jugend schwindend Bild erhellt.
Blickst du schmerzlich scheidend auf die Trümmer
Deiner schönen, früh zerstörten Welt:
Ach, wo seid ihr, lieb gewordne Träume?
Klagend schallt der Ruf in öde Räume.

Andre Pflichten gibt es, als beklagen,
Wie die Rose deines Glücks verblüht;
Weißt du nicht, daß nach den Rosentagen
Erst der segensreiche Herbst erglüht?
Nicht die Blüth', die Frucht ist Ziel des Lebens,
Dahin alle Kräfte deines Strebens!

Nach Feuchtersleben.

Eine Rundreise

Abermals sind acht Jahre vergangen, seit der Zeit, wo diese Briefe geschrieben wurden, und wir werfen zuerst einen Blick in das Pfarrhaus zu Wallburg, wo Wilhelm, der Pfarrer, eben ihm Begriff ist, eine kleine Reise anzutreten. Sein gutes, treuherziges Gesicht hat sich wenig verändert in der langen Zeit seit jener Wasserfahrt, es ist noch so gut hineinzusehen wie Damals, und einen ernsten Ausdruck hat es immer gehabt.

Wilhelm ist reisefertig und schreitet mit verhaltner Ungeduld in der Stube auf und ab; endlich ruft er in die Küche:»aber, liebes Kind, bekomme ich den Kaffee nimmer? du weißt, ich möchte gern noch in der Kühle fortkommen.«

Frau Friederike erschien in einem reinlichen, wenn auch durchaus nicht kleidsamen Morgenhabit;»du mußt in der That noch warten,« sagte sie in etwas ärgerlichem Ton,»so ist's, wenn man nicht nach allem selbst sieht, da hat das dumme Ding, die Böse, gestern den Kaffeesatz nicht abgekocht, nun muß ich das zuvor thun, eh ich den Kaffee machen kann.«

»Aber hättest du denn nicht dies Einemal reines Wasser nehmen können und etwas mehr Kaffee?« – »Ach, das verstehst du nicht, Ordnung muß sein, und man braucht, weiß Gott, Kaffee genug das ganze Jahr, seit auch die Wäscherinnen noch Mittagskaffee verlangen; das ginge mir ab, noch puren Kaffee zu kochen, warum nicht gar auch ohne Cichorie!«

Wilhelm faßte sich in Geduld und begann wieder: »hör Liebe, ich weiß nicht, wie ich Minna antreffe, ihren Briefen nach ist sie oft leidend, aber ich glaube, ein Landaufenthalt würde ihr gewiß gut thun, ich denke, ich lade sie auf einige Wochen ein.«

»O, wo denkst du hin, das wäre ja entsetzlich ungeschickt.« – »Es ist deine einzige Schwester,« sagte Wilhelm mit verstärkter Stimme, »der wir eine Erholung bieten können, und die in acht Jahren ein einzigmal bei uns war, sollte unser Haus keinen Raum mehr für sie haben?« – »Nun, so mach doch nicht gleich so einen Lärm! sie kann ja meinetwegen wohl kommen. So lang du fort bist, lasse ich das Haus putzen, dann will ich Lichter ziehen und Seife machen, und darnach die große Wäsche halten, dann muß ich das große Geschäft mit den Betten vornehmen, – nach dem, nun ja, da könnte sie kommen, es kommt dann freilich ganz ungeschickt in die Erndte, und lieber wäre mir's, sie käme ohne Kinder, denn du wirst sehen, die sind im Stande und steigen mir mit den Füßen auf den Sopha!« – »Nun, wir wollen's wagen,« lächelte Wilhelm, »eine so gute Hausfrau wie du findet immer Mittel und Wege.« – »Ja, es ist wahr,« sagte Friederike geschmeichelt, »ich habe darin schon etwas geleistet, wenn ich nur an den Unfug mit Gästen denke, früher bei uns daheim; kein Wunder, daß sich mit der Mutter Tod die große Einbuße herausstellte.« – »Es sind viele Herzen froh geworden bei dem Unfug,« sagte Wilhelm mit weichem Ton, »und der Segen Gottes über einem gastlichen Hause besteht nicht in Geld allein. – »Ja, aber ohne die unnöthige Gastlichkeit hätte Mine nicht die dumme Heirath gemacht,« warf Friederike ein. Darauf wußte Wilhelm nichts zu erwiedern.

Bis die Frau nach dem verspäteten Kaffee sah, ging er in die Kinderstube hinüber, die zwei Kleinsten lagen noch im Schlaf, er erquickte sein Herz an den köstlichen Bildern. Das älteste Töchterchen, nach der Großmutter Dorothee genannt, war schon auf und streckte ihm die Aermchen entgegen:»bist du doch noch da, Vater? ich hatte so Angst, du gehest ohne Abschied!« –»Nein, mein Herzchen,«sagte er und drückte das Köpfchen an sich und sah ihr in die tiefen blauen Augen,»zieh dich nur an, mein Kind, du darfst mich begleiten.«Während sie eilig sich wusch, sah er sich um im Zimmer, da war alles in guter Ordnung, die Betten der Kinder so rein, die Kleidchen hübsch beisammen;»ein gutes Weib ist sie doch,«dachte er, wieder versöhnt,»und *deine* Seele soll nicht darben,«fügte er in Gedanken hinzu, wenn er seines Kindes Augen begegnete, die nun eilig ihr Kleidchen überwarf und ihm hinüber folgte.»Aber wie unnöthig, Dorchen, daß du schon auf bist,«schalt die Mutter,»ich kann dich unmöglich jetzt flechten, warum bleibst du doch nicht drüben.«–»Laß diesmal gut sein, Mutter,«bat Wilhelm,»begleite du mich ein Stück Wegs mit den Kindern.«–»Begleiten, ich, was fällt dir ein, ich weiß ja gar nicht wo anfangen vor Geschäft, ich noch spazieren gehen! und Dorle kann auch nicht, sie macht ihr Kleid abscheulich in dem nassen Gras.«

»Auch begleiten!«schrie der kleine Karl und sprang halbgekleidet herüber.»Um Gotteswillen!«rief die Mutter,»springt der Bube strumpfig herüber! zerreißt ihr mir nicht ohne das schon Strümpfe genug? Gleich wieder in's Bett!«

Mit Mühe erkämpfte der Vater die Erlaubniß zur Begleitung für die Kleinen. Während er seinen Kaffee trank, von dem für das kleine Volk reichliche Bissen abfielen, zählte die Frau noch unendliche Schwierigkeiten auf, die sich vor seine beabsichtigte Reise thürmten.»Wie's geht mit Kasualien, das weiß ich gar nicht, der Vikar von Seeberg kann höchstens die Predigt übernehmen, mit dem Braunberger ist's gar nichts. Und die alte Sailerin und des Schneiders Aehne sollen Beide ganz elend sein, du könntest noch ihre Lebensläufe schreiben und mir dalassen, damit kommt ein Fremder doch nicht zu Stande.«–»Gar zu fürsorglich,«sagte lächelnd Wilhelm, indem er seine Reisetasche überwarf und die bedenkliche Frau herzlich zum Abschied umarmte;»wir wollen die Leute doch nicht begraben, eh sie gestorben sind. Behüt' dich Gott, liebes Weib! das Haus gut zu hüten darf ich dich nicht erst bitten, schaff dich nicht so ab, daß du mir hübsch gesund bleibst.«–»Ja, du hast gut reden,«sagte sie, indem doch etwas wie Bewegung durch den nüchternen, trocknen Ausdruck ihres Gesichts ging.»Komm gesund wieder, aber nicht gar zu bald, vor Mittwoch bin ich nicht fertig mit Putzen; und gib nicht so viel unnöthiges Geld aus, und laß nirgends schwarze Wäsche zurück, vier paar Socken hast du bei dir und zwei reine Hemden, außer denen auf dem Leib, und drei Sacktücher.« –»Und herzliche Grüße an die Deinigen, nicht wahr?«

»Natürlich, das versteht sich von selbst. Bring mir aber keine Gäste mit, eh ich's vorher weiß.«

Noch ein guter, herzlicher Ehmannskuß und Wilhelm zog seiner Wege, froh und recht erstaunt, daß er doch endlich in der That fortgekommen war. Die Kinder trippelten fröhlich nebenher, Dorchen hatte das Brüderchen angekleidet. Sie wollten ganz bei Papa bleiben, und es brauchte lange Unterhandlungen und vielfache Zugeständnisse und Versprechungen, bis sie sich bewegen ließen, umzukehren. Karl ließ sich mit einem Endchen von der Wurst bestechen, die der Vater als Reiseproviant bei sich hatte, die kleine Dorothee aber, ein gar weichherziges Kind, hing in Thränen zerflossen an seinem Halse, und er sah sie noch, als er sich umwandte, schluchzend an dem grünen Rain sitzen, wo er die Kinder verlassen, bis sie sich endlich erhob und sorgsam ihre und Karls Kleidchen abstäubte, das vom Sitzen etwas schmutzig geworden. »Sie hat der Mutter Pünktlichkeit, und ein warmes, weiches, offenes Herz dabei,« sagte sich der Vater mit stiller Freude.

Und wie er so weiter schritt in der thauigen Frische, und die duftige Ferne vor ihm lag, da erschien ihm auch die Heimath, von der er geschieden, in rosigerem Licht, und der leichte Morgenwind nahm manches weg, was im Alltagsleben seine Seele oft drückte. »Und ein gutes Weib ist sie doch,« wiederholte er sich in Gedanken, »eine treue, sorgsame Mutter, eine emsige Hausfrau. Daß sie über der Sorge und Mühe des Werktages nie zum Sabbathfrieden in ihrem Herzen kam, daß sie ihre Seele nie geöffnet hat für die schöne reiche Gotteswelt, – das ist ja ihr Unglück, um das man sie beklagen muß, und sie tragen mit doppelter Liebe. Und wer weiß,« fügte er getröstet hinzu, »welchen Einfluß später die Kinder auf sie haben, wie oft hat eine Mutter durch die Kinder schätzen und lieben lernen, was sie ihr Lebenlang gering geachtet? Es freut sie jetzt schon, wenn sie's gleich nicht merken läßt, wenn die Dorothee so hübsch und ausdrucksvoll die Gedichte hersagt, die sie bei mir gelernt; – ja, ja, wir können noch allerlei erleben.«

Immer heiterer ward er beim Weiterschreiten, so leichtfertig sogar, daß er bei der Erinnerung an einen Betrug fröhlich auflachte.

»Es war freilich nicht recht,« fuhr er schmunzelnd in seinem stillen Selbstgespräch fort, »daß ich ihr die zwei Louisdor von der fremden Dame auf dem Schloß unterschlagen habe, das gute Weib freut sich über so etwas viel mehr als ich, und war sehr verwundert, daß das Kleidchen für Marie die ganze Belohnung sein sollte für eine so vornehme Trauung. Das Geld wäre nun lange in der Sparkasse, aber sie wird aufschauen, wenn sie von der Residenz aus einen Sammthut erhält, noch schöner als der der Pfarrerin von Seeberg; freilich wird sie schelten, aber ich weiß doch, daß sie's heimlich freut, nicht wegen des Putzes, den sie ja so selten braucht, aber es thut ihr wohl, zeigen zu können, daß ihr Mann sie in Ehren halt.«

In solchen Selbstgesprächen, die ihm das Leben wieder leicht machten und die Heimath lieb, und in freundlichen Unterredungen mit Vorübergehenden, mochte es nun ein altes Weib oder ein kleiner Junge, ein Bauer, oder ein Handelsjude sein, hatte Wilhelm gegen Abend das erste Ziel der Rundreise erreicht, die er nach unendlichen Schwierigkeiten endlich durchgesetzt: das Haus seines Schwiegervaters.

Das Amthaus.

Es war nicht das alte Amthaus mehr, und obgleich es Wilhelm schon manchmal besucht hatte, seit er sein Weib daraus heimgeführt, so konnte er sich doch nie ohne Schmerz in die veränderte Umgebung finden. Das stattliche alte Wohnhaus, mit seiner weiten Flur und den zierlich verschnörkelten Verzierungen über Portal und Fenstern war nicht mehr da, nicht mehr der Sitz unter der Linde und der hübsche Blumengarten, aus dem der Weg in den grasigen Baumgarten an den Fluß führte. Der gereiste Sohn hatte das alte Haus abgebrochen, und eine neue stattliche Brauerei mit Wohngelaß errichtet. Um das Haus hörte man nun das Klopfen der Küfer, das Getöse der Brauknechte. Die Linde hatte der alte Herr noch gerettet, aber der Sitz war weg, es lagen nur Faßdauben und Arbeitsgeräth darunter; der Grasgarten, dessen Obstbäume für abgängig erklärt worden waren, war in einen Hopfengarten umgewandelt, die alte trauliche Laube war zerfallen und diente nur noch zur Aufbewahrung von Hacken, Rechen und Gießkannen, und zu dem neuerbauten Gartenhaus, mit grünem Ziegeldach, konnten die Freunde des alten Hauses kein Herz fassen.

Den alten Herrn traf Wilhelm auf der Bank des kleinen Gemüsegärtchens hinter dem Hause, das allein so ziemlich noch seine alte Gestalt bewahrt hatte. Er war sehr gealtert und sah gar müde aus, ein herzliches Lächeln aber flog über sein Gesicht, als er den werthen Gast begrüßte. »Du freust mich, so oft du kommst,« rief er ihm entgegen, »dein Gesicht ist noch aus der guten alten Zeit: wenn ich dich sehe, so meine ich allemal, meine Alte müsse nachkommen.« – »Wie geht's, Papa?« – »Schlecht, schlecht, das heißt mit mir, bin ein alter Mann, tauge zu nichts mehr, wollte, ich wäre bei meiner Alten.« – »Aber Sie haben gewiß nicht zu klagen über Ihre Kinder?« –»Behüte, nein! thät mich versündigen, wenn ich's wollt, respektiren mich und versorgen mich, aber sie brauchen mich nicht, und da sitzt's, Wilhelm, da sitzt's. Die Frau Söhnerin, Respekt vor ihr, sie ist eine fleißige Frau und eine gescheidte, und mein Karl darf's weder hören noch fühlen, daß das Anwesen da mit ihrem Geld gebaut ist, aber die ausländischen Bräuche, Wilhelm, und das fremdländische Geschwätz, das bringt mich noch unter den Boden. Und die Freunde, die in's Haus kommen, sind Geschäftsfreunde, und der Tisch ist gedeckt für Geschäftsleute, und am Sonntag fahren die jungen Leute hinaus, statt daß da sonst mein Haus offen war für gute Freunde. Ich will nicht klagen, aber ich bin ein alter Mann und tauge nichts mehr.« – »Wenn Sie vielleicht länger im Besitz des Hauses und im Amt geblieben wären?« – »Ging nicht mehr. Habe zwar im Frieden gehaust mit der Frau Pfarrerin nach meiner Alten Tod und Rikchens Wegzug, aber du weißt ja, ich habe lieber vergnügte Gesichter als blanke Thaler gesehen und war wohl gar zu sorglos. Da stand ich denn vor meinen Kindern als schlechter Haushalter und das hat mich darniedergeschlagen für immer. Dann kam der Karl heim mit der neuen Weisheit und der jungen reichen Braut, so dacht' ich ist das Beste, du ziehst dich zurück. Will nicht klagen, aber's ist nicht das alte Leben mehr.«

»Wir haben hier keine bleibende Statt, aber die zukünftige suchen wir,« sagte Wilhelm mit sanftem Ernst. – »Hast Recht, Junge, und das ist der Fleck, wo ich noch viel zu lernen habe, habe darum auch verstehen lernen, warum der Herr mich alten Storren noch so allein dastehen läßt. Will's Gott, so ist's noch nicht zu spät......Wie gehts Rikchen, warum kommt sie nicht mit dir?«–»Sie ist gar zu geschäftig, sie findet keine Zeit,« sagte Wilhelm etwas verlegen.»Keine Zeit für ihren alten Vater; so ist's seit acht Jahren. Weiß Gott, wo das Mädchen das wuhlige Wesen her hat; meine Alte war doch auch fleißig wie Wenige, aber es ward auch Andern noch wohl daneben und ihr selbst mit. Ich glaube, wir haben selbst gar zu viel Werth auf des Mädchens frühe Häuslichkeit gelegt, besonders ich, weil mir die Mine allzeit zu überschwenglich war.«–»Wie geht es Minna?« fragte Wilhelm fast schüchtern.»Ach, da frag' mich lieber gar nicht! ich höre meist nur von ihnen, wenn sie in Geldverlegenheiten sind, das ist freilich, leider Gottes, oft genug, daneben wenig Frieden und wenig Liebe. Ja, Wilhelm, dazumal hatte der Alte Recht gehabt. Nun, geschehen ist geschehen.

»Eduard und Emma, die sind mir ein Labsal, so oft ich an sie denke; der Leichtfuß hat Glück gehabt, daß er ein so liebes Weib gefunden, wenn sie auch nicht viel hat. Da kann man sehen, was es ist um ein Gericht Kraut mit Liebe; das ist ein Haus, in dem die Sonne nicht untergeht.«

Da kam eben Karl, der neue Herr des Guts, herbei, um den Schwager zu begrüßen. Wilhelm verbrachte den Abend und die Nacht in der alten Heimath so viel fröhlicher Herzen, aber daheim fühlte er sich nicht mehr da. Die Visitenstube der Frau Schwägerin, Salon genannt, war so schön aufgeputzt, so ungebraucht und so wenig einladend, wie die seiner Frau daheim, nur daß hier ein großer Reichthum von Silbergeschirr zur Schau stand; desto mehr Spuren rücksichtslosen Gebrauchs zeigten die andern Zimmer, – er flüchtete sich in die Stube des alten Herrn, da stand noch das gute alte zusammengesessene Sopha mit Kattunüberzug und der runde eichene Tisch, der je nach Bedürfniß in's Unendliche verlängert werden konnte; er dachte der alten Tage, wo sie in lustigem Pfänderspiel darum gesessen waren, und ein anmuthiges Gesichtchen, das ihm einst das Lieblichste auf Erden geschienen, blickte wieder zu ihm herüber aus den braunen aufgelösten Locken. Es war vorüber; er faßte sich ein männlich Herz und dachte des Segens der Gegenwart.

Der Haushalt einer würdevollen Frau.

Am andern Morgen zog er weiter. »Nun, wohin geht denn die Reise?« fragte der alte Herr, der ihn ein Stück Wegs begleitete. »Nach S., ich will zunächst bei der Frau Oberregierungsräthin einsprechen, und dann unsere Minna besuchen.« – »Geh mit Gott, mein guter Wilhelm, es wird ihr wohl thun.«

Er traf Mathilde, die Frau Oberregierungsräthin in einem recht ansehnlichen gut eingerichteten Logis, wenn es auch etwas von der Heimatlosigkeit der meisten Stadtwohnungen hatte. Sie empfing den alten Jugendfreund mit herzlicher Freude und stellte ihm mit mütterlichem Stolz ihr aufblühendes Töchterlein Lina vor; die Söhne waren im Gymnasium. »Und wie geht's denn Ihnen, lieber Wilhelm, gut, recht gut? was macht unser Rikchen? immer geschäftig, immer rastlos?« – »Ja wohl,« erwiderte Wilhelm heiter, »sie ist ein emsiges Hausmütterchen und fast immer gesund, und wir haben drei prächtige Kinder.« – Es gibt Leute, die wir um keinen Preis der Welt einen Schatten in unsrem häuslichen Glück ahnen ließen. »Nun, das freut mich, wir wollen recht von den alten Zeiten plaudern. Lina, sorge für ein Glas Wein.« – »Von dem rothen?« fragte Lina flüsternd. »Nein, nein, den muß man für den Vater allein aufheben, laß lieber holen.« »Linchen, Liebe,« rief sie der abgehenden Tochter nach, »rüste doch zuvor des Vaters Sachen, der Herr Pfarrer nimmt's nicht übel. Sie wissen,« sagte sie entschuldigend zu diesem, »Geschäftsmänner lieben alles zu bestimmten Stunden, mein Mann nimmt gegen vier Uhr ein kleines Gouté ein, das rüste ich gewöhnlich, eh er kommt.« Innerlich lächelnd bemerkte Wilhelm, mit welcher Aengstlichkeit sie den Zurüstungen des Töchterleins zusah, die den Tisch deckte: kalten Braten, *huilière,* Brodkörbchen und Salzfaß nebst einem Kouvert auflegte, wie sorgsam sie nachhalf, bis alles in Ordnung war. »Nun aber sorge auch für unsern lieben Gast, Sie entschuldigen gewiß,« sagte sie nochmals zu diesem, »mein Mann ist immer so sehr beschäftigt, da ist es ihm Bedürfniß, sich, etwas zu erfrischen.« Der Gast wurde auch versorgt, und saß wieder in traulichem Gespräch bei der Hausfrau, als die Hausklingel tönte. »Geschwind, Linchen,« rief sie halblaut mit einiger Aengstlichkeit, »sieh nach, ob das Gangfenster nicht offen ist, du weißt, das ärgert den Vater, und stelle deinen Strickrahmen ins Kabinet, du weißt, der Vater liebt solche Arbeiten nicht, und die Scheuerfrau soll lieber etwas beiseite gehen, bis der Vater fort ist, weißt ja, daß er sie nicht recht leiden kann, und doch mußte ich diesmal eine nehmen.« Der gebietende Herr trat ein, noch eh alle Befehle hatten ausgeführt werden können. Er war in seiner Art so wohl erhalten, wie seine Frau, nur noch etwas gerundeter als bei jener Wasserfahrt. Den Gast, den ihm seine Frau vorstellte, begrüßte er sehr höflich, wenn auch etwas steif;»eine Meldung hier?« fragte er.»Nein, Herr Oberregierungsrath, wir sind vor der Hand noch zufrieden, meine Frau würde einen Umzug sehr schwer nehmen; meine Reise hat nur den Zweck, Verwandte und alte Bekannte zu besuchen.« –»Schön, schön,« sagte der Hausherr, wirklich freundlich, nun er sah, daß seine Protektion und Verwendung nicht beansprucht wurde,»haben ganz Recht.« Wilhelm mußte sich zu ihm setzen, der Hausherr wurde in seiner Weise ganz kordial und ließ sich von dem Pfarrer unterhalten. Er hätte gewiß seine Oberregierungsrathswürde gern vergessen, wenn ihm dies nur möglich gewesen wäre, ja er schenkte ihm zuletzt von seinem eigenen rothen Wein ein und bot ihm von seinem Braten an, statt der Wurst, die ihm Lina vorgesetzt hatte, über welchen Edelmuth sich die Mutter und Lina gerührte und verwunderte Blicke zuwarfen.

Das Gouté war beendigt und an dem Oberregierungsrath zeigten sich einige Zeichen von Unbehagen, er stand auf und ging etlichemal aus und ein.»Lieber Wilhelm,« sagte Mathilde etwas verlegen,»Sie nehmen gewiß den Abend mit mir vorlieb, mein Mann hat seinen Clubb, eine geschlossene Gesellschaft, – wo er gewohnt ist, seine Abende zuzubringen, er würde wohl sehr gern...« –»Bitte, liebe Frau Mathilde, machen Sie nicht so viele Umstände mit einem alten Bekannten,« sagte lächelnd Wilhelm,»es versteht sich von selbst, daß Ihr Gemahl seine Tagesordnung nicht ändert, ich wollte mich ohnhin empfehlen, um Minna noch aufzusuchen und einige kleine Geschäfte zu besorgen.« –»Ach die arme Minna! die können Sie heut nimmer aufsuchen, sie wohnen jetzt in Hasenthal, eine halbe Stunde von hier, und Sie thun besser, sie erst Morgen zu besuchen, auf Gäste sind Haberstocks kaum eingerichtet. Bleiben Sie bei uns; ich habe so viel in unserem lieben Amthause gelernt, daß ich der Residenzsitte zum Trotze ein hübsches Gastzimmerchen eingerichtet habe, und Fürst hat da gar nichts dawider.«

Wilhelm nahm die Einladung an, eben ertönte aus der Nebenstube ein etwas gebieterischer Ruf:»Frau!«Mathilde flog zu ihrem Gebieter, um Hut, Stock, Handschuh, alle erdenklichen Utensilien zum Ausgang herbeizuholen. Der Oberregierungsrath wiederholte sogar die Einladung seiner Frau und empfahl sich.

Wilhelm verlebte den Abend recht behaglich im Kreis der kleinen Familie, die sich nach und nach einfand, und in der er nur den Vater vermißte.»Ich darf nicht erst fragen, ob Sie in angenehmen Verhältnissen hier leben,«sagte er zu Mathilden, als sie zusammen ausgingen, um die Geschenke für Friederike und die Kinder zu kaufen.»Sie haben natürlich auch ansprechenden Umgang?«

»O ja, das heißt, ich gehe überhaupt nicht viel aus, Fürst liebt mich anzutreffen, wenn er nach Hause kommt, und wenn er auswärts ist, so ist es ihm auch lieb, wenn er mich zu Hause weiß.«

»Lesen Sie noch gern?« – »O ja, doch ist mein Mann kein besonderer Freund davon, er sieht lieber, wenn ich mich häuslich beschäftige.« Sie bemerkte Wilhelms unterdrücktes Lächeln und sagte, plötzlich roth werdend:»o, ich weiß, Sie denken an damals und an meinen Mädchenübermuth; nun ja, die Zeiten sind anders und ich könnte kaum sagen, wie es so gekommen; ich glaube, mein Mann hat mich mit lauter Stillschweigen erzogen. Aber er ist ein so braver Mann, ein so vorzüglicher und rechtlicher Beamter und ein so guter Vater, da kann ich ja wohl des lieben Friedens wegen seinen kleinen Eigenheiten nachgeben ...«

»Ei,«sprach Wilhelm lächelnd,»warum sich zu viel Mühe geben, zu entschuldigen, daß Sie eine gehorsame Frau sind? Mag sein, daß Sie den Herrn Gemahl etwas verwöhnen, aber das ist ein liebenswürdiger Fehler von Seiten der Frau.« – »Und Sie denken gewiß nicht, daß ich mich herabwürdige?«fragte sie mit einiger Aengstlichkeit. – »Gewiß nicht, ich habe im Selbstvergessen nie eine Herabwürdigung gefunden, nur eins, liebe Frau Mathilde, wenn Sie einem Pfarrer ein Bischen Predigen zu gute halten wollen...«»Und das wäre?« – »Sind Sie in Ihrer Nachgiebigkeit immer auch ganz wahr? Wollen Sie nicht, vielleicht aus Liebe zum Frieden, nur den Schein des Gehorsams retten?«Mathilde wurde dunkelroth.»Sehen Sie,«begann sie zögernd,»es gibt solche Eigenheiten, in denen sich die Männer durchaus nicht vernünftig berichten lassen, da ist dann ein Bischen Frauenlist gewiß nicht Unwahrheit.« Wilhelm schüttelte den Kopf:»ich habe nie etwas auf die unschuldige List gehalten; es kann sein, daß durch solche unschuldige List hie und da ein Verhältniß ungestörter bleibt, edler aber bleibt es gewiß bei Wahrheit und Klarheit auch im Kleinsten.«

Mathilde ließ das Gespräch fallen, das sie sehr nachdenklich machte.

Die Hausfrau war am andern Morgen schon früh wach; auch noch eine löbliche Remmiscenz an's alte Amthaus. »Lina,« hörte sie Wilhelm sagen, »schick doch den Kleinen mit der Geldschachtel zum Vater, ich habe keinen Heller mehr.« – »Aber, Mama, warum hast du's ihm nicht selbst gesagt, eh er in sein Zimmer ging?« – »Du weißt ja, wie verdrießlich er wird, wenn man Geld fordert! ich kann unmöglich schon wieder verlangen.«

»Aber so sag' ihm doch, Mama, wozu wir's gebraucht haben, es ist ja natürlich, daß keins mehr da ist.«

»Weißt wohl, daß mir der Vater keine Rechnung durchsieht, er bruttelt nur in's Allgemeine; mach' nur und schick den Alfred hinauf, über den wird er nicht ärgerlich.« – »Mama, wenn ich einmal heirathe, so mußt du mir einen großen Sack voll Geld mitgeben, daß ich meinem Mann keines fordern darf, sonst heirathe ich gar nicht.«

»Einfältiges Kind!« sagte lachend die Mutter, »das ist vom Vater nicht schlimm gemeint.« »O tempora« lächelte Wilhelm für sich. Die Kasse mußte aber gefüllt worden sein, denn der Frühstückstisch war sehr anständig besetzt, auch war der Herr Oberregierungsrath in guter Laune und verabschiedete sich ganz herzlich von Wilhelm, bemerkte sogar nach seinem Abschied gegen seine Frau: »recht vernünftiger Mann, habe gar nichts gegen einen ordentlichen Pfarrer, im Gegentheil.« Und Wilhelm schritt dem weitern Ziel seiner Reise, dem Aufenthalt Minnas zu, den ihm Mathilde bezeichnete.

Eine Dichterehe.

Es war zum erstenmal in all der langen Zeit, daß Wilhelm Minna in ihrem eigenen Hause aufsuchte. Sie hatten sich bisweilen bei dem Vater getroffen und zu einer weitern Reise war er bei den unendlichen Schwierigkeiten, die seine Frau bei jedem Gedanken daran aufthürmte, noch nie gekommen. In tiefen Gedanken schritt er dem freundlich gelegenen Dörfchen zu, wohin sich Minnas Gatte mit seiner Familie zurückgezogen hatte, um wohlfeiler zu wohnen.

»Ein Herz nur, ach, und eine Hütte!« dachte er, als er durch ein Gärtchen, dessen übergraste Beete wenig Spuren einer pflegenden Hand zeigten, in das Häuschen gieng, das nun die Heimath seiner alten Liebe war. Das Zimmer, in das er zuerst eintrat, war leer, ein hübsches Zimmer an sich, die Fenster giengen in's Grüne, die Sonne schien hell herein und man hörte die Vöglein singen, aber trotz verschiedener Gegenstände, die ursprünglich einer zierlichen und eleganten Einrichtung angehörten, sah es ziemlich heruntergekommen aus. Der Ueberzug der Meubel, der einst in buntem Blumenflor geprangt, war verblichen und zerschlissen. hie und da mit Stecknadeln zusammengeheftet, eine Blumenlampe mit einem längst verdorrten, kümmerlichen Pflänzchen hing an der Decke, Lithophanien an zersprungenen Fensterscheiben, an dem gestickten Ofenschirm hing schmutzige Wäsche, – Wilhelm fand nirgends einen Punkt, auf dem das Auge ausruhen konnte. – Da ging eine Seitenthür auf, und eine Frau in höchst nachläßiger Morgenkleidung trat ein und blieb verwundert vor ihm stehen. Es war Minna. »Grüß dich Gott, liebe Minna!« sagte er herzlich. »Du bist's, Wilhelm?« es zog eine tiefe Röthe über ihr Gesicht, »ach, ich bin noch gar nicht recht angekleidet, die Kinder kosten mich so viel Zeit; – und du willst uns einmal besuchen? grüß dich Gott.« Es lag etwas Gedrücktes in ihrem Ton. Auch Wilhelm fühlte sich gedrückt und verlegen, er fragte nach ihren Kindern. »Wo die Großen sich herumtreiben, weiß ich wirklich nicht, da ist mein Kleines,« und aus dem Nebenzimmer, dessen Thüre sie eilig hinter sich schloß, brachte sie ein hübsches, kleines Mädchen, dessen Schmutz man aber nicht ansah, daß seine Toilette heute schon Zeit gekostet; es kostete Wilhelm einige Ueberwindung, es zu küssen. »Und ihr lebt jetzt hier, ganz auf dem Lande?« fragte er, immer noch verlegen, welche Saite er anschlagen dürfe. »Das heißt, ich lebe hier,« sagte Minna, »Arwed hat, wie du weißt, ein kleines Amt bei der Bibliothek, das ihn einige Stunden in der Stadt hält, die übrige Zeit bringt er dort zu seiner Erholung zu.«

»Ich las kürzlich, daß sein Epos bald erscheinen wird.«– »O, das läßt er immer von Zeit zu Zeit durch einen seiner Freunde ankündigen; ob es je fertig wird, weiß Gott: an Stoff zu dem Thatenlosen sollte es nicht fehlen.« Wilhelm that das Herz weh, eine Frau in diesem Tone von ihrem Gatten sprechen zu hören. Minna verschwand, um sich umzukleiden und Wilhelm für eine Erfrischung zu sorgen, was sehr geraume Zeit brauchte; inzwischen kamen die zwei ältern Kinder, ein Knabe und Mädchen in ziemlich verwahrlostem Zustand, um sich Brod zu holen. »Mußt du nicht in die Schule, mein Junge?« fragte den siebenjährigen Knaben sein Pathchen, Wilhelm. »Ja, Wilhelm, 's ist zehn Uhr!« schrie das kleine Mädchen. »Und was willst du denn einmal werden, kleiner Bursch?«– »Ein Schuster,« sagte die wiedereintretende Mutter, »denn er lernt nichts und kann nichts als Schuhe zerreißen.« – »Ein Dichter!« rief der Kleine. »Lieber ein Kesselflicker,« sagte halblaut die Mutter. Wilhelm sah sie traurig an.

»Rikchen wollte natürlich nicht mitkommen,« sagte Minna, nachdem die Kleinen abgezogen waren; »wenn sie einmal den Entschluß faßt, so muß ich dich auch um Vorankündigung bitten, um putzen und scheuern zu lassen, die fiele sonst in Ohnmacht in meinem kleinen Wesen.« – »Könnte sein,« dachte Wilhelm bei sich und sagte lächelnd: »Ja, ja, sie ist die alte sorgsame Martha, und mir unbegreiflich, was sie immer noch zu putzen und räumen findet, wo längst alles rein ist.« – »Ach, umso sauber zu halten, da gehört Zeit dazu und Raum und ein zufriedenes Herz!« – »Vielleicht auch umgekehrt,« sagte Wilhelm leichthin, »es gehört eine gewisse Harmonie der äußern Umgebung dazu, um das Herz zufrieden zu erhalten.« Minna wurde roth und schwieg. Wilhelm sprach von dem Vater, von Mathilde und dem ergötzlichen Wechsel ihrer stolzen Ansichten über Frauenwürde.

»Ach, die hat gut sich unterordnen,« warf Minna ein, »ihr Mann ist ein rechter Mann, wenn sie ihn auch ganz unnöthiger Weise zum Pascha verwöhnt hat, das sind ja im Ganzen Kleinigkeiten, sie hat doch Grund, zufrieden zu sein.« Wilhelm schwieg wieder, das Gespräch wollte nicht fließen, – es lag eine Wolke zwischen den Beiden, die ihnen immer drückender wurde. Endlich brach Minna das Schweigen:»Wilhelm, dir, gerade dir wollt' ich am tiefsten verhüllen, was ich nun dir zuerst sagen muß: Wilhelm, ich bin eine unglückliche Frau;« und sie brach in ein leidenschaftliches Weinen aus. »Sag' mir nicht, daß es mein eigner Wille gewesen sei!« fuhr sie heftig auf, als er sprechen wollte,»du machst mich wahnsinnig, wenn du das thust. O mein Gott, wie hat Er mich getäuscht! ich glaubte einen Stern zu wählen, der für alle Zeiten hoch über dem Wechsel des Alltagsleben stehen werde, jetzt – ist's ein Lichtlein, das kümmerlich ringen muß über dem Sumpf zu bleiben. Wie habe ich gelitten um seinetwillen! meine schöne Jugend, mein freundliches Vaterhaus hat mir diese unselige Liebe getrübt und verdüstert, und wie hat er's vergolten! Sag nichts zu seiner Entschuldigung,« fiel sie wieder Wilhelm in die Rede,»du kannst ja gar nicht alles wissen. Ach, wie habe ich ihn geliebt, wie willig war ich, jedes Loos mit ihm zu theilen. Da hatte er zuerst das Amt; das war nöthig, uns zu ernähren. Hätte er nicht schon mir zu lieb die kleine Last gern auf sich nehmen sollen? Statt dessen mußte ich Tag für Tag seine Klagen hören über dies lästige Joch, das seinen Geist hemme und niederdrücke; zu seiner Erfrischung und Belebung hielt er allerlei Genüsse für nöthig, Conzerte, Theater, kleine Reisen. Zuerst theilten wir sie; als die Mittel nimmer zureichten, da war ich gut zum Daheimsitzen, er, natürlich er mußte doch noch etwas thun für seinen Geist; – die Früchte dieser kostbaren Aussaat lassen noch auf sich warten. Während er mir am Ende den harmlosesten geselligen Genuß, selbst die unschuldige Freude der Lektüre mißgönnte, machte er die fabelhaftesten Ansprüche an Bedienung, an häuslichen Komfort und würdigte mich zur Magd herab, er wurde immer fremder in seinem eigenen Hause; ...«»Und du hast das Deine gethan, ihm seine Heimath lieb zu machen?« fragte Wilhelm.

»Ich hätte das gewiß,« erwiderte Minna erröthend,»wenn er gewesen wäre, wie er sollte! So konnte ich freilich nicht immer wie ein Engel sein, wenn er nur nach Hause kam, um zu tadeln, und Lust und Muth vergeht einem, alles zierlich zu halten, wenn doch nicht viel Freude dabei ist. Zuletzt kam er auf den großen Entschluß, alle Fesseln von sich zu werfen; ‚die Muse will freie Diener!' rief er, ‚dann erst reicht sie ihren vollen Kranz.' Ja, das war eine Freiheit! Mit seinen Geisteskindern bei Verlegern Hausiren gehn, wie ein Krämer mit verlegner Waare, Poesien zu arbeiten auf Bestellung, wie ein Handwerker, sich tagelang abmühen um glückliche Gedanken, und dabei Noth und Sorge –

»Und statt daß er mich getröstet hätte und mich beklagt um das Geschick, in das er mich geführt, statt daß er mir mit zehnfacher Liebe vergütet hätte, was ich zu tragen hatte, mußte ich noch seine üble Laune tragen, sollte ich noch das Rad halten, das bergab rollte!

»Nun hat ihm Mathildens Mann wieder das Bibliothekämtchen verschafft, – aber uns ist nicht mehr zu helfen.« Sie schwieg erschöpft und stützte ihr Gesicht in die Hände.

»Aber, liebe Minna,« begann nun Wilhelm, »du sagst, Arwed habe dich getäuscht; hast du nicht dich selbst getäuscht? Er hat sich nicht anders gegeben, als er war, als *praktischer Mann* ist er keinem von uns je erschienen. Hast du ihn geliebt, sein innerstes Wesen, ihn selbst ganz und gar, oder nur seine jugendliche Erscheinung, das ausblühende Talent, das du wie er und alle seine Freunde vielleicht für bedeutender hieltest, als es war? Bist du ihm vorangegangen in Hingebung und Aufopferung? Hast du ihn aufgerichtet in Liebe und Treue, wenn seinem verwöhnten Sinn die Last eines prosaischen Berufs schwer wurde? Hast du ihm Entbehrungen leicht gemacht, indem du selbst sie freudig auf dich nahmest? Hast du ihm die bescheidne Heimath freundlich gemacht und traulich? – O, liebe Minna, es ist ein schlimmes Rechnen, wenn man nur der eignen Opfer denkt, und nicht der eignen Schuld!«

Ins Innerste getroffen, senkte Minna das Haupt. »Du verlangst viel,« sagte sie endlich finster, »und verwechselst die Rollen: das schwache Weib willst du zur Stütze des Mannes machen, der ihr Halt sein sollte.« – »Wo die reichste Liebe, da ist die größte Kraft,« sagte Wilhelm zuversichtlich, »und ist es von der Frau zu viel verlangt, wenn wir die reichste Liebeskraft von ihr erwarten?«

Minna schüttelte traurig den Kopf: »du kannst recht haben, aber bei uns ist es zu spät, und von Arwed ist gar nichts zu erwarten, Wilhelm, – er glaubt nichts, er ist kein Christ.« – »Und du glaubst?« fragte Wilhelm bedeutsam. »Ich, o was hätte denn ich in diesem elenden Leben, wenn ich nicht die Hoffnung auf ein besseres hätte! Die glänzenden Worte von einem Hauch des ewigen Geistes durch die ganze Schöpfung, der Glaube ‚der sterbenden Blume,' den mir Arwed in den Tagen unsres Liebesfrühlings gepredigt, haben mich nicht lange getäuscht, – in der Zeit des Jammers und der Sorge nahm ich meine Zuflucht zu dem Gott meiner Mutter, ich gehe in die Kirche, ich lese in meiner Bibel, ich bete mit meinen Kindern; – Arwed hat dazu nur ein mitleidiges Lächeln!«

»Du glaubst?« wiederholte Wilhelm langsam und nachdrücklich, »und was hast du gethan, deinem Gatten deinen Glauben lieb und ehrwürdig zu machen? Hast du ihm gezeigt, welch ein seliger Glaube das sein müsse, der dich geduldig mache im Leid, sanft gegen Unrecht, freudig in Entbehrung, treu im Kleinen? Hast du ihn die edelste Frucht des Glaubens ahnen lassen, den sanften und stillen Sinn, der köstlich ist vor Gott? Liebe Minna, wenn er solchen Glauben bei dir gesehen hat, und hat ihn verworfen, dann, aber dann erst wollen wir die Hoffnung aufgeben.«

Minna schwieg lange in schmerzlichem Weinen. »O, Wilhelm,« sagte sie endlich, »wen habe ich verworfen in kindischem Ueber- muth? o, wenn es anders gekommen wäre!« Und sie sah ihn an mit den schönen, blauen Augen, die einst seiner Jugend Morgenstern gewesen, und ein Abglanz des alten Frühlings flog über die früh- gewelkte Gestalt. Aber Wilhelms Herz blieb fest und sein Auge ruhte mit ernster brüderlicher Liebe auf dem ihren. »Liebe Minna, denen, die Gott lieben, müssen alle Dinge zum Besten dienen.« – »Ja, alles was Gott schickt,« sagte sie wieder mit Bitterkeit, »mein Schicksal ist eigne Wahl,« ich muß liegen, wie ich mir gebettet.« – »Dein Weg kann dir zum Himmelsweg werden, und ob du ihn auch eingeschlagen in eigner Bethörung, er wird es, wenn du das rechte Licht darauf suchest,« sagte Wilhelm mit Nachdruck; »deine Ehe hat Gottes Segen geweiht, deines Mannes Seele wird Gott von dir fordern, wenn du nicht gethan, was an dir ist, sie zu ihm zu führen. O, liebe Minna,« und er faßte fest ihre Hände in den seinen, »du bist noch jung, du bist reich begabt, ein langes Leben liegt vor dir, viel- leicht kein glückliches, aber ein geheiligtes, ein friedevolles, wenn du willst, gewiß, gewiß. Und du hast Kinder. Willst du in ihre jun- gen Seelen das Gift der Lieblosigkeit, der Muthlosigkeit, eines that- losen Verzagens träufeln? Willst du sie nicht erziehen, wenn auch durch Sorge und Entbehrung, zu einem frommen, frischen Leben?«

»Ach, Wilhelm, wenn du mir immer nahe wärest, mich aufzurich- ten und zu halten! sieh, Niemand, so lange ich lebe, hat mir die Stütze eines starken, lebendigen Glaubens geboten.«

»Die stärkste, mächtigste Stütze ist dir nahe, jeden Augenblick: ein immer offenes Herz, das dir nicht nur dein Halt und Aufrichtung, das dir Kraft und Leben selbst ist, Kraft auch für's Kleinste, liebe Minna!«

»O, du weißt nicht, wie oft man an diese Pforte vergeblich pochen kann! ich bin wohl noch nicht würdig dazu.«

»Unwürdigkeit schließt nicht aus, nur Unredlichkeit. Wenn wir so oft verlangen nach menschlichem Rath, nach menschlicher Leitung, liebes Herz, so ist's manchmal nur, weil Menschen uns beurtheilen, wie wir uns zeigen, und weil wir fühlen, daß Gott uns sieht wie wir sind.«

»Und doch muß ich das Weib glücklich preisen, die dem Gatten nur folgen darf; sicher, dann den rechten Pfad zu gehen. – Wilhelm, weiß Friederike, was sie an dir hat?« frug Minna ihn plötzlich mit der Rücksichtslosigkeit des Unglücks. »Ich weiß nicht,« sagte lächelnd Wilhelm; »wenn sie mich nicht verwöhnt durch zu große Verehrung, so ist das um so besser für mich.«

»Du aber hast nicht gewählt wie ich, vermessen, nach eignem Sinn, du hast aus Güte und Edelmuth ein Wesen gewählt, das unter dir steht, – bist du nun glücklich?«

»Ich weiß nicht,« sagte Wilhelm zögernd, »ob meine Wahl so edel war, wie du meinst, ob sie nach Gottes Willen war. Ich hatte eine liebe Hoffnung begraben. Ich sah, wie dich dein poetischer Sinn zu einer raschen, unbedachten Wahl getrieben; ich wollte es mit der Prosa versuchen, hielt vielleicht häusliche Fertigkeiten für häusliche Tugenden, und vergaß über der fleißigen Hand nach der lebendigen Seele zu forschen. Wo eine Wahl nach Gottes Willen ist, da gibt er die tiefe, rechte Herzensfreudigkeit dazu, und wo diese sich nicht findet, da ist die Wahl eigenmächtig, sei es nun Neigung, oder Berechnung, oder Ueberlegung, was sie bestimmt hat. – Das aber war Einmal gesprochen und nicht wieder,« sagte Wilhelm sich aufraffend mit großem Ernst. »Es ist nicht an uns, zu grübeln, wie wir auf unsern Pfad gekommen sind, sondern zu suchen, daß er uns zum Himmelspfad werde, und das können wir finden mit Gottes Hilfe. Wir sind Beide reich gesegnet, liebe Minna, mit lieben Kindern; und um das Herz, dem wir Liebe und Treue geschworen bis zum Grabe, müssen wir ringen und werben, bis es uns und dem Herrn zu eigen gehört. Noch so jung, eine so hohe Aufgabe vor dir, und schon so müde! Hast du vergessen, daß du deiner sterbenden Mutter versprochen, glücklich zu sein?«

»Du spottest meiner! läßt sich das versprechen?« – »Versprechen leichter als halten: hast du es je versucht?« Minna schlug die Augen nieder und schwieg.

»Wir wollen's noch einmal versuchen, liebes Herz,« sagte Wilhelm in heitrem Ton, »jedes auf seinem Weg und jedes in seiner Weise, und wenn wir uns wieder begegnen, wollen wir seh'n, wer's am besten gelernt hat.«

Es war nahe an Mittag und Minna fiel ein, daß ihr Mann zu Tische komme, auch hatte sie seit lange nicht für einen Gast zu sorgen gehabt, seit den ersten Zeiten ihrer Ehe, wo ihr Haus jungen Künstlern, Literaten und Schauspielern offen gewesen war. Sie eilte geschäftig in die Küche und das Diner schien wirklich höchst umständlicher Berathung zu bedürfen.

Wilhelm unterhielt sich mit der kleinen Antonie, die übrigens ein scheues, wenig aufgewecktes Kind schien. »Freu'st du dich, bis der Vater heimkommt?« fragte er sie. Die Kleine schüttelte den Kopf: »er bringt mir nichts mit,« sagte sie, »und er ist auch oft bös und zankt.« – »Aber die Mutter zankt nicht?« – »Nein, die Mutter liest,« sagte sie kurz und bündig, »steh, da schiebt sie die Bücher hin.« Und sie zeigte Wilhelm hinter die Kissen des Sopha versteckt ein Buch, einen sehr zerlesenen Roman aus einer Leihbibliothek. »Geschwind, versteck's wieder, der Vater kommt!« rief die Kleine so hastig, daß Wilhelm instinktmäßig die Lektüre schnell versteckte und roth und verlegen, als hätte er selbst etwas Verbotnes gethan, dem eintretenden Arwed entgegen ging.

Es war nun freilich nicht mehr der jugendlich schöne Nordstern, wie er damals am grünen Ufer aufgegangen war, doch war seine äußere Erscheinung vortheilhafter als die Minna's, seine Kleidung war neben einer gewissen poetischen Nonchalance gewählt und sorgfältig, seine ganze Haltung hatte noch den Stempel natürlicher Noblesse, der ihn immer ausgezeichnet, aber seine Gestalt war abgemagert, seine eingefallenen Wangen zeigten eine gefährliche Röthe und sein Auge einen stechenden Glanz.

Er begrüßte den unerwarteten Gast zuerst etwas kühl und verlegen, aber Wilhelms offner Herzlichkeit konnte Niemand lang widerstehen, auch that dieser sein Möglichstes, den Wirth in lebhaftem Gespräch zu erhalten, um dessen ungeduldige Blicke von der Küchenthür abzulenken und Minna Zeit zu ihren Anstalten zu gönnen.

Endlich wurde servirt, es brauchte gar lange, bis das Essen in Gang kam, da Minna wohl zehnmal aufspringen mußte, um wieder ein vergeßnes Tischgeräth zu holen und zu suchen und sich alle Augenblicke in äußerster Rathlosigkeit fragte:»wo hab ich nur den Schlüssel zum Weißzeugkasten?«»Eduard, sitzst du nicht auf der Serviette? – Christine, seh Sie doch, ob nicht ein Kinderlöffel im Bettchen geblieben ist?« Arwed schien dabei wie auf Kohlen zu sitzen und seine nervöse Gereiztheit gab sich mit halben Worten oder Geberden kund, was das Mittagessen nicht gerade zu einem Göttermahl machte, obwohl Minna's Küche zeigte, daß auch sie eine Tochter des alten gastlichen Amthauses sei. Sie nahm aber heute die unfreundlichen Mienen und knurrigen Seitenbemerkungen ihres Mannes mit so viel Sanftmuth auf, daß dieser allmählich entwaffnet wurde und sie in der Stille mit einiger Verwunderung zu betrachten schien.

Nach Tisch lud Arwed den Gast zu einem Spaziergang auf die nahgelegene Höhe ein; Minna zog vor, daheim zu bleiben; sie hätte so gern ihrem alten Freund, dem Gatten ihrer überpünktlichen Schwester, ihre Wohnung etwas freundlicher und mehr geordnet gezeigt, als er sie am Morgen getroffen.

Wilhelm fühlte, daß auch Arwed das Herz voll hatte, und es war ihm etwas bange auf seine Ergießung. Es ist eine schöne Sache um eine Vertrauen erweckende Natur, aber es hat sein Beschwerliches, der Vertraute von Jedermann zu sein. Arwed begann mit seinen vereitelten Hoffnungen, seinen fehlgeschlagenen Planen; er war natürlich ein Märtyrer der Gesellschaft, ein Opfer eines herzlosen Zeitalters.»Und alles wäre vielleicht anders geworden in einer andern Häuslichkeit!« brach er dann endlich aus:»unbeengt von dem Druck häuslicher Unbequemlichkeiten, von den Sorgen und Chikanen des Alltagslebens hätte mein Geist sich freier entfaltet. Wie anders dacht' ich mir dies einst so anmuthige Geschöpf als Frau:

meine lebende Muse, das Licht meiner trüben Stunden, der freundliche Genius, der die Steinchen kleinlicher Mühseligkeit aus meinem Pfade räume, daß ich frei und sicher zum höchsten Ziele voranschreiten könnte! Statt dessen ein schwaches selbstsüchtiges Wesen, die mir das kleinste Opfer, das sie mir je gebracht, zehnfach fühlbar macht, die in der Zeit des Mißgeschicks, wo sie mir Trost und Erheiterung sein sollte, wehrlos klagend am Wege liegen bleibt, bei jeder kleinen Erholung, die ich mir gönne, ängstlich darnach hascht, auch sich ihren Theil Genuß zu sichern, eine nachläßige, zerstreute Hausfrau, die mich nöthigt, an die erbärmlichsten Details zu denken, wenn ich nicht darüber stolpern will, eine Mutter, die über einem interessanten Roman Haus und Kinder vergißt, die ihre gerühmte Frömmigkeit mit nichts als mit Kirchengehen bethätigt, wenn sie anders so fertig wird, daß ihr der Kirchgang möglich ist: – o, meine jungen Träume!«

Es ist unbeschreiblich traurig, zwei Herzen, die Eins sein sollten gegen eine Welt, sich in solchen Klagen spalten zu hören: und Wilhelms Lage war hier schwieriger. Verschiedene Geschlechter üben leichter Einfluß auf einander; wo es einen Tadel gilt oder eine Ermahnung, da muß Mann gegen Mann, oder Frau gegen Frau unendlich vorsichtig sein, um nicht zu verletzen.

Mit einer Bußpredigt, die bei Minna weichen Boden fand, wäre er hier schlecht angekommen. Er rief nur Arweds männliche Kraft auf, seinen Schutz, sein Mitleid für das verwöhnte Kind einer sonnigen Heimath, das für ihn die Freuden dieser Heimath und seinen ungetrübten Frühling hingegeben; er rief ihm den Tag zurück, an dem er Minna's Herz im Sturm genommen, schilderte ihm die begeisterte Liebe, mit der sie an seinem Bilde gehangen, und wußte so in seiner Seele eine Ahnung seiner eignen Verpflichtung zu wecken, dies schwache Wesen zu schützen und zu stützen, eine Pflicht, die ihm seither, wie es schien, noch gar wenig zu Sinne gekommen war. Es ist eine gar leidige Sache in der Ehe, wenn Jedes sich hinsetzt, erwartungsvoll, daß es das Andere nun glücklich machen soll: es kann auf diese Weise gar leicht dazu kommen, daß Beide allein und unbeglückt sitzen bleiben.

Mit noch größerer Schonung wies er ihn auf mehr Eifer und Freude für seinen prosaischen Lebensberuf hin: »wer weiß, die Muse ist eine launige Frau, die sich entzieht, wo man zu feurig um sie wirbt, und sich naht, wo man sie nicht zu suchen scheint; vielleicht, wenn du dich fester ansiedeln, dich behaglicher fühlen würdest im nüchternen Geschäftsleben, die Poesie käme ungesucht.«

»Du magst wohl Recht haben,« entgegnete Arwed sanfter als Wilhelm gehofft, »ich glaube, es ist nicht so schwer, sich in der Philisterei zurecht zu finden, wenn man sich nur die andern Gedanken ein wenig aus dem Kopf schlagen kann. O, es kommen mir oft ganz leidige Gedanken, bei Nacht, wenn mich der verwünschte Husten nicht schlafen läßt, Gedanken, ob ich nicht besser gethan, hinter dem Aktentisch zu bleiben und meine Gedichte im Pult zu lassen. O, ein verfehltes Leben!« Nach einer Weile fuhr er heitrer fort: »wenn ich mich recht ernstlich hinter die langweilige Geschichte mache, habe ich vielleicht Aussicht auf Vorrücken, eine sichrere Verbesserung, als wenn mein Thatenloser gedruckt wird; und das wäre so nöthig! O, das Geld, dieser verwünschte, schadenfrohe Dämon, den ich mein Leben lang mit äußerster Verachtung behandelt, wie bitter hat er sich gerächt!« – »Das ist so seine Art,« lächelte Wilhelm, »er will herrschen oder beherrscht sein.«

Während Wilhelm Arwed erheiterte durch Reminiszenzen aus der Jugendzeit und die anmuthige Lage des Dörfchens bewunderte, erreichten sie das Haus wieder. Minna und ihr Dienstmädchen hatten mit namenloser Anstrengung die zerfallene Laube des Hausgärtchens geräumt und ein Tischchen dort arrangirt, auf dem sie den Kaffee servirte. Diese Anordnung erheiterte Arwed noch mehr; wenige Ehen sind so verknöchert, daß nicht Mahnungen aus der Frühlingszeit ihrer Liebe wieder einen Funken wärmeren Gefühls hervorlockten. Ein Frühlingstag, wie lange nicht mehr, ging über dem freudlosen Hause auf, und es waren nicht nur vertrocknete Blüthen der Vergangenheit, die in der Beiden Herzen auflebten, es waren auch Keime einer bessern Saat für die Zukunft.

Wilhelm wollte noch vor Abend zur Stadt zurück, um von dort leichter nach Eduards Wohnort zu kommen, der die letzte Station seiner Reise war. Arwed rüstete sich, ihn zu begleiten; Minna näherte sich dem Gatten, eben als Wilhelm mit den Kindern beschäftigt war, etwas schüchtern und verlegen und gab ihm das Buch, das sie hinter dem Sophakissen vorgezogen hatte: »wolltest du das nicht gleich der Leihbibliothek zurückgeben?« fragte sie leise, »ich will keine Fortsetzung.« – »Und du hast wieder angefangen mit der verwünschten Leihbibliothek?« fragte der *Dichter* Arwed Nordstern indignirt. »Ich will aber aufhören,« sagte sie mit gesenkten Blicken, »darum habe ich dir das Buch gegeben.« Demuth und Offenheit sind unwiderstehliche Waffen für ein Gemüth, in dem noch ein edler Funken lebt; Wilhelm war ungeheuer eifrig, die Bildchen zu betrachten, die ihm die Kinder zeigten, um die kleine Versöhnungsscene nicht zu sehen, die über dem beschmutzten Leihbibliotheksroman geschlossen wurde.

Er sah Minna noch einen Augenblick an. »Trage Sorge für deinen Mann, liebe Minna,« flüsterte er, »was du ihm erweisen kannst an Liebe und Treue, das thue bald, du weißt nicht, wie lange du Zeit findest.« Erschreckt sah ihn Minna an und blickte auf ihren eben eintretenden Gatten; nie zuvor war ihr sein gesunknes Aussehen aufgefallen, es war so allmählich gekommen! ach, und sie hatte ihn so lange nicht mehr mit den scharfsehenden Augen besorgter Liebe betrachtet!

Wilhelm fühlte, daß ihr ein Stich in die Seele ging, aber er hatte ihr das Weh nicht ersparen können.

Wehmüthig und doch nicht ohne Hoffnung auf bessere Tage schied er von ihr.

Ein glückliches Pfarrhaus

»'S Letzt ist's Best'!« lautete ein schwäbisches Sprüchwort, das nicht allenthalben anwendbar ist. Auf Wilhelms Reise aber paßte es gut: das Pfarrhaus in Bergzimmern, mit dem er seine Familienreise schloß, mußte ihm den freundlichsten Eindruck zurücklassen, wie Kindern, denen man den ökonomischen Rath gibt: »iß zuerst dein Brod und nachher den Kuchen, so meinst du, du habest lauter Kuchen gegessen.« Ein schönes Pfarrhaus war es eben nicht, und die Einrichtung war mehr als einfach, aber Blumen und Sonnenschein genug, und das geschäftige, glückselige Pfarrfrauchen, die immer noch so oft erröthete, wie vor sechzehn Jahren, war Blume und Sonnenschein zugleich, wenn auch längst keine Frühlingsblume mehr.

Es war eine alte und doch wieder eine nagelneue Liebe, die Eduard vor drei Jahren, als er endlich zu Amt und Brod gekommen war, zu der stillen Emma geführt. In Emma's Herzen war sein Bild seit jenem Morgen unverdrängt geblieben, aber es war eine so gar stille Liebe, die sie nicht sich selbst und nicht einmal Gott bekannte. Von Eduard können wir nun nicht dasselbe rühmen; bei jener Wasserfahrt war die schüchterne kindische Emma nur ein Gegenstand seiner Protektion und er hatte sie höchstens einmal mit dem Gedanken beehrt, das könne später ein nettes Mädchen geben. Gar manche liebliche Gestalt, manch blonde und braune Schönheit war indeß seinem beweglichen Herzen gefährlich geworden, und doch kehrte allmählich immer wieder ihr sanftes Bild in seiner stillen Jungfräulichkeit, eine verschloßne Knospe, in seinen Träumen wieder, und als am Ende all die glänzendern Erscheinungen vorübergezogen waren, da fand er, daß dies jungfräuliche Bild geblieben. Als aber Emma's Mutter, nach ihres Gatten Tode seines Vaters Haushalt übernahm, kam diese zu entfernten Verwandten, und Eduard dachte ihrer selten mehr.

Als er aber nun endlich und endlich dem Schwabenalter nahe, zum Ziele gekommen war, und die Pfarre in Bergzimmern dringend einer Frau Pfarrerin bedurfte, da fiel ihm unter allen Töchtern des Landes eben doch wieder die schüchterne Emma ein, die nun in der alten Heimath mit ihrer Mutter lebte, vom Leben vergessen, wie sie dachte, in anspruchsloser Heiterkeit. Und er fand sie wieder, nicht mehr in erster Jugend, aber in unverwelkter Lieblichkeit, fast unberührt von der Zeit; und die verschloßne Knospe öffnete sich ihm, und er fand, daß sie sein Bild gehegt hatte, fast ohne es zu wissen, daß sie aber in der langen, langen Zeit der Einsamkeit nicht ein krankhaftes Schmachten und Sehnen genährt hatte, sondern sich geschmückt wie die Blume des Thales, auf die nur der blaue Himmel niederschaut, in keuscher Lieblichkeit mit sanftem und stillem Geiste.

Emma war's wie ein Traum, als Eduard der stattliche, junge Pfarrherr um sie warb, und ihre erste Antwort war der schüchterne Einwurf: »ich bin eben zu alt.« Daß sie jung geblieben sei in ihrer mädchenhaften Anmuth, in der frischen Gesundheit eines reinen Herzens, das wollte sie nicht glauben, aber sie fühlte es allmählich an dem Gefühl jungen Glückes, das ihre Seele überströmte.

Noch jetzt hatte die Pfarrfrau von Bergzimmern, die doch schon die dreißig überschritten hatte, sich für ein Mädchen geben können, wenn man sie jemals ohne eins ihrer zwei Kinder gesehen hätte, den kleinen Martin an der Schürze, das niedliche Julchen auf den Armen. Das waren ein paar wunderbare Kinder! Der Martin, obgleich erst zwei Jahr alt, sagte schon so erstaunliche Dinge, er nannte zum Beispiel den Mond einen lieben Gottskopf, oder nahm des Papa's Pfeife in den Mund und sagte:»ich Papa,« daß seine Mutter immer den Vater und verstohlen den Gast ansehen mußte, ob sie auch gehört. Seine Reden und Thaten gaben noch lange Gesprächsstoff, nachdem er zu Bette gebracht war. Und die Emma! Gewiß und wahrhaftig sie hatte schon mit vierzehn Tagen gelächelt, die Wartefrau konnte es bezeugen, und die Art, wie sie jetzt schon mit ihren Händchen krabselte und wie sie nach Farben sah und wie sie der Mutter Stimme kannte, die war weit über ihr Alter und berechtigte zu den schönsten Hoffnungen, den kühnsten Erwartungen.

Viel zu thun hatte Frau Emma, erstaunlich viel, sie entschuldigte sich immer deßhalb und meinte, sie verstehe wohl noch nicht es einzurichten; aber hell und freundlich und ordentlich wie ihre Zimmer war ihre ganze Erscheinung, und sie war so glückselig und dankbar für ihr ganzes Dasein, daß niemand je den Eindruck bekam, daß ihr etwas sauer geschehe. Ein recht gesprächiges Pfarrfrauchen war aus dem stillen Mädchen geworden, und niemand hätte geglaubt, daß sie bei ihrer Schüchternheit ein so gutes, sicheres Hausregiment führen könnte.

Wilhelm sonnte und labte sich recht an diesem fröhlichen Hausstand, er ergötzte sich an der immer neuen Ueberraschung Eduards über die Vorzüge seiner Frau, an dem bescheidnen Selbstgefühl, mit dem er diese Vorzüge als sein besondres Verdienst wegen seiner guten Wahl in Anspruch nahm; er bewunderte gehörig die seltenen Talente der Kleinen und empfahl sich durch einen Hampelmann, eine Trompete und eine Kinderklapper, die fast den Rest seiner Reisekasse erschöpften, vollständig in die Gunst der Mutter und der Kinder, und schritt dann getrost und fröhlich seiner Heimath zu. »Und ich *will* glücklich sein, mein Haus soll mir freundlich werden, und meine Kinder sollen sich ihrer Heimath freuen lernen,« war der Endbeschluß, den er nach Hause zurücktrug; keine Liebe, keine

Geduld und Treue soll mir zu viel sein, die Blumen zu pflegen, die unter Küchengewächs zu ersticken drohen.«

Und seine Arbeit war nicht vergeblich. Was der Vater allein nicht vermochte, das gelang allmählich dem jungen, frischen Lebenshauch, der mit den Kindern das allzunüchterne Haus durchströmte, und der mit fröhlichen Klängen das knarrende Räderwerk eines übergeordneten Haushalts übertönte.

Die Schule des Lebens

Es ist ein alter pädagogischer Streit, ob das Lernen gleich Anfangs als ernste Arbeit, oder ob es zuerst nur spielend betrieben werden soll. Ich denke, die Schule des Lebens könnte uns einen Wink darüber geben. Selten fängt sie frühe schon mit ernsten Lektionen an, für den aber, der die ersten leichtern Lektionen nicht verstehen will, ist das Muß nachher um so bittrer.

Minna war sich sehr spät erst bewußt worden, daß es Ernst sei mit der Schule des Lebens, und darum wurde ihr die verspätete Lehrzeit auch eine sehr schwere. Es ist so leicht, einen raschen Entschluß zu gänzlicher Besserung und Lebensänderung zu fassen, so unendlich schwer, ihn durchzuführen, namentlich wenn die Besserung am Kleinsten beginnen muß, und wenn die äußern Verhältnisse dieselben bleiben.

Dazu kommt die eigenthümlich falsche Scheu, die sich einer sichtbaren Besserung schämt, weil darin zugleich eine Demüthigung, ein Eingestehen der frühern Schuld oder Versäumniß liegt.

Wenn nicht Wilhelms letzte Hindeutung auf ihres Mannes untergrabene Gesundheit einen Stachel in ihre Seele geworfen hätte, den sie nicht wieder los wurde, sie wäre vielleicht nach einigen Versuchen wieder muthlos ins alte Gleis zurückgekehrt und darin versunken. Aber der Gedanke »vielleicht zum letztenmal,« der sie nun bei allem begleitete, was auf ihren Gatten Bezug hatte, hielt sie aufrecht und trieb sie immer wieder zur einzigen Quelle der Kraft, wenn sie ihre Schwachheit fühlte.

Zunächst also galt es die Aufgabe, den Mann für die Heimath zu gewinnen, ihm das eigne Haus lieb zu machen. Mit tiefer Beschämung empfand sie den Vorwurf der Unordentlichkeit aus Wilhelms

Worten, den bittersten, wenn er der Frau von einem Manne gemacht wird. Sie war sich doch bewußt, daß sie immer Sinn für's Schöne, Freude am Zierlichen gehabt, warum doch war's ihr nie gelungen, was sie so hübsch zu ordnen verstand, auch geordnet zu erhalten? – Bei näherem Nachdenken kam sie darauf, daß es ihre Zerstreutheit vor Allem war, die sie die häuslichen Kleinigkeiten achtlos verwahrlosen ließ, die eine stete, stille Aufmerksamkeit fordern.

Die Romane, das Nippen und Schlürfen an unterhaltender Lektüre, das so leicht zum Berauschen wird, trugen wohl die erste Schuld. Der Leihbibliothek hatte sie entsagt und blieb standhaft dabei, sie setzte sich Stunden fest, wo sie sich überhaupt das Lesen noch gestattete. Aber gar oft wenn ihr beim Ordnen des Zimmers eins ihrer alten Bücher in die Hand fiel, fing sie an zu blättern und blätterte, bis viele kostbare Viertelstunden verstrichen, und ihre Sinne und ihre Gedanken weit weg von der kleinen Alltagspflicht geflogen waren. Zu dem kam die gereizte Laune ihres Mannes, die oft eben ausbrach, wenn sie gewiß glaubte, alles auf's Beste gethan zu haben, die ihr allen Muth wieder nahm, und ihr die bittern Thränen in die Augen trieb. – Sie verzagte an sich, an aller Möglichkeit, daß es bei ihnen je besser werden könne, – bis ihr endlich der Gedanke kam, ihren Gatten selbst zum Vertrauten und Gehilfen bei dem Werk der Aenderung zu machen.

Ach, aber sie waren eines freundlichen, vertrauten Verkehrs so entwöhnt, daß sich lange nicht die rechte Stunde zu einem offenen, herzlichen Wort finden wollte.

Da kam Arweds Geburtstag. Gesegnet seien diese häuslichen Feste, die in das vertrocknetste Herz und Haus doch je und je wieder ein frisches Brünnlein der Freude und Liebe leiten! Minna hatte in all diesen Jahren auch des Gatten Geburtstag begangen, aber die schönen Handarbeiten, die sie aus eigner Liebhaberei dazu verfertigt, waren in den letzten Jahren kühl aufgenommen worden und der Dichter Arwed hatte einige Worte über verdorbene Zeit und hinaus geworfenes Geld fallen lassen. So dachte sie sich diesmal eine andre Ueberraschung aus, die sehr begünstigt wurde durch eine kleine Reise, die er in Geschäften der Bibliothek unternehmen mußte.

Arweds Zimmer war ein jahrelanger Zankapfel gewesen, bis zuletzt der Streit ohne Friedensschluß bei Seite gelegt worden war. Er hatte großen Werth auf die hübsche Einrichtung dieses Zimmers, auf seine Bewahrung vor häuslichem Gerümpel gelegt. In der ersten Zeit war das sonnige Oberstübchen auch wirklich das zierlichste und ordentlichste im Hause geblieben.

Es war auch noch hübsch gewesen, als Minna mit dem ersten Kinde sich manchmal beim Vater oben zum Besuche einfand, und den Kleinen auf dem Boden spielen ließ. Als aber der Kinder dreie wurden, die die Mutter, wenn sie nichts mit ihnen anzufangen wußte, in des Vaters Stube sperrte, wo sie die Prachtbände seiner Bibliothek herumwarfen, mit den andern Büchern Häuser bauten, und Manuskripte zerrissen, da verbat sich Arwed ernstlich solches kindliche Zutrauen. Je launischer aber in spätern Tagen seine Muse wurde, je unergiebiger die Stunden seiner Einsamkeit, desto kürzer und seltener war er zu Hause zu finden, und desto mehr wurde das Heiligthum der Dichterstube zum Abstellquartier mißbraucht für alles, was unten der Frau im Wege stand.

Nun aber wurde oben gelüftet und gescheuert, Minna opferte ein Paar werthe Ohrgehänge aus ihrer Mädchenzeit um neue, freundliche Tapeten zu erschwingen, mit Epheugewinden und wohlfeilen Topfpflanzen wurde es hübscher, als es je zuvor war, hergestellt, und die kleine Antonie zeigte einen, für die Mutter überraschenden Ordnungssinn, wie sie mit ihren kleinen Händchen mitangriff.

Arwed kam am Abend vor dem Geburtstag spät nach Hause, etwas frischer und heiterer als sonst; die kleine Reise hatte ihm gut gethan. Seinen Geburtstag wollte er aber eigentlich lieber vergessen, es ist so ein Jahrstag auch stets ein Mahntag an unbezahlte Schulden, an unerfüllte Vorsätze, an getäuschte Erwartungen; er war sonst gewöhnt, wegen der letztern Gott und Welt in seinen Gedanken anzuklagen, diesmal aber ließ der Ankläger in der eignen Brust sich lauter hören als sonst.

Minna war früher als er aufgestanden, – eine ungewöhnliche Erscheinung; im Wohnzimmer, das frisch gelüftet und aufgeräumt war, fand er das Frühstück mit mehr Komfort als gewöhnlich angeordnet, – er suchte Frau und Kinder, die fröhlichen Stimmen leiteten ihn nach oben. Er öffnete die Thür, – durch die hellen Fenster zwischen weißen Gardinen fiel der Schein der Morgensonne, die Schatten der hohen Bäume des Grasgartens spielten auf den hellen Wänden, leichte Epheuranken schlangen sich um die Fenster, – es war ihm, als ob sein Dichterfrühling ihn noch einmal begrüßte, obschon die Bäume draußen bereits an den Herbst mahnten. – Und die Kinder standen in festlichem Schmuck, Wilhelm deklamirte ihm mit militärischem Anstand ein Gedicht –

Ach, er erkannt' es wieder,
Sein eignes erstes Lied!

und hinter den Kindern stand sein Weib, die Liebe seiner Jugend: keine Klage auf den Lippen, keinen stillen Vorwurf im Blick, nur einen Strahl der alten Liebe, und eine tiefe innerliche Wehmuth; – o, es liegt eine wunderbare Heilkraft in der Luft des eignen Hauses, wenn ein Hauch von oben darein weht! so einfache Mittel können genügen, um tiefe und schlimme Schäden zu heilen.

Ein Vorwurf, der ihn früher mit tiefer Bitterkeit erfüllt, wenn er ihn aus seines Weibes Worten durchzufühlen geglaubt, der Vorwurf, wie wenig er bis jetzt seine Pflicht als Haupt und Stütze seines Hauses erfüllt, wie er ein schlechter Hausvater gewesen, wie er nach dem Schatten des Ruhms gehascht, statt in Treue und Selbstverläugnung sein Haus zu gründen, trat jetzt klar und unabweisbar vor seine Seele, und mit den Worten der alten Liebe strömten auch die einer heftigen, rückhaltlosen Selbstanklage über seine Lippen.

Es ist so schwer, demüthig und selbstlos zu sein, wo uns Egoismus und Selbstsucht entgegen tritt, es wird so leicht, gegenüber der Liebe und Demuth. Auch Minna fand nun Worte für ihre Reue; all ihre Vorsätze, das ganze Gefühl ihrer Schwachheit legte sie in sein Herz nieder und bat ihn, ihr zu helfen, wo sie wieder wanke, und zum erstenmal hörte sie auch aus seinem Munde die Hinweisung auf eine Kraft, die in unserer Schwachheit mächtig ist. – Sie verlebten den Tag in einem Gefühl des Friedens und der Seligkeit, der alle bangen Ahnungen Minna's zur Ruhe wiegte. Nur wenn Arwed sich in Plänen und Entwürfen für die Zukunft erging, die sich nun ganz anders gestalten sollte, wenn gleich er sie nimmer auf die Schwingen des Pegasus bauen wollte, – dann ward ihr wieder bange um's Herz und sie blickte mit stiller Sorge in seine glänzenden Augen.

Arwed war es Ernst mit dem Bessermachen, und er bestätigte dies dadurch, daß er nicht verschmähte, am Kleinen und bescheiden anzufangen, um das Loos seiner Familie zu verbessern. Er vertraute seine Lage dem Oberbibliothekar, der sie freilich längst gekannt, und erhielt mit seiner Hilfe Lehrstunden in deutscher Sprache und Literatur in angesehenen Familien. Was er zuerst als mühsame Pflicht übernommen, weckte eine Lust und Freude an der Sache in ihm, die er nie geahnt; bald wurden seine Stunden gesucht, sie wurden Mode, und die interessante Persönlichkeit des Dichters, vereint mit seiner blühenden Darstellungsgabe, machten ihn zu einer Art von Löwen des Tages, ein Erfolg, der sein häusliches Glück, seine männliche Tüchtigkeit wieder von andrer Seite hätte bedenklicher gefährden können als zuvor Sorge und Noth, wenn nicht eben der gute Geist des eignen Hauses und die Erinnerung an frühere Täuschungen mächtiger entgegengewirkt hätte.

Minna's Aufgabe wurde ihr schwerer. Bei ihr bedurfte es nicht einer entschiednen That, nur eines täglichen, stündlichen Kampfes mit eingewurzelten Gewohnheiten, kleiner Opfer, die niemand bemerkte und niemand anerkannte, eben weil sie sich eigentlich von selbst verstanden. Es wäre für eine gewissenhafte und aufmerksame Hausfrau leicht gewesen, ein hübsch eingerichtetes Hauswesen in guter Ordnung zu erhalten, für die reuige Frau, war es unendlich schwer, das herabgekommene mit spärlichen Mitteln wieder aufzubringen.

Aber Arwed hatte in seiner eignen Reue, in seiner Selbstverläugnung den guten Willen seines Weibes und seine Pflicht, ihr zu helfen, verstehen lernen. Er sparte nicht den freundlichen Dank für's Kleine, das gute Wort, das der Frau so wohl thut, und das selbst bei guten Männern oft eine so seltne Waare ist, weil sie eben meinen, das verstehe sich alles von selbst, und nicht begreifen, daß auch die vernünftigste Frau immer noch ein Bischen Kind bleibt. So richtete sie sich auf an seiner Liebe, und das Gute ist ja, Gott sei Dank, in keinem Haus und in keinem Herzen eine erotische Pflanze, die künstlich von außen ernährt werden müßte, sie hat heimathlichen Grund und Boden in unsrer eignen Seele, und Himmelsluft und Himmelslicht zu ihrem Wachsthum bleibt nicht aus.

Arwed rückte in seinem Amte vor; dies und seine Lektionen, aus denen bald Vorlesungen wurden, bestimmten die Beiden den Landaufenthalt zu verlassen, aber sie widerstanden glücklich den Gefahren des Residenzlebens. Arwed wollte keine geselligen Genüsse, die seine Frau nicht theilen konnte, und bald war ihm seine eigne Stube, die nun wirklich ein unentweihtes Heiligthum blieb, wieder doppelt lieb. Wilhelm hatte richtig prophezeit; nun er nimmer bedrängt war von äußerer Noth, nimmer gespalten von widerstrebenden Gefühlen und Bestrebungen, nimmer geärgert durch eine unerquickliche Häuslichkeit, stellte sich die Muse ungesucht wieder ein, und wenn er auch keine kühnen Hoffnungen mehr auf ihre Gaben baute, so sagte er sich doch oft im Stillen mit stolzer Freude: ›und es war doch kein Traum.‹ Auch seine Gesundheit schien zu erstarken und Minna wiegte sich in frohen Hoffnungen einer schönen Zukunft, – aber es sollte nicht so sein. Zwei Jahre fast ungetrübten Glückes war ihnen gegönnt; bald nach dem zweiten Jahrestag jenes segensreichen Geburtstags fingen Husten und Brustbeschwerden bei Arwed an, sich stärker zu regen, Minna pflegte ihn unermüdet mit höchster Treue; er war gar nicht bekümmert über seine Krankheit, er hoffte auf den Frühling, – auf eine Badekur im Sommer, – auf eine Traubenkur im Herbst. Minna hatte bald die Hoffnung aufgegeben, sie nahm jeden Tag seines Besitzes als ein Gnadengeschenk, sie suchte jeden so reich zu machen an Liebe und Treue, als sie konnte, – in die Zukunft blickte sie nicht.

Arwed hatte Lektionen und Vorlesungen aufgeben müssen, bald konnte er auch sein Bibliothekamt nimmer versehen; es hatte noch nicht gereicht, in den kurzen Tagen des Wohlergehens einen Nothpfennig zu sammeln, so drohte die Noth auf's Neue hereinzubrechen. Jetzt erst lernte Minna, was aufopfernde Liebe vermag, und sie dankte Gott tausendmal für die guten Tage, in denen ihre neugewonnene Kraft hatte erstarken können, eh sie so schwere Proben zu bestehen hatte. Jetzt lernte sie klaglos entbehren, um die Bedürfnisse und Wünsche des Kranken zu befriedigen, heiter sein, wo ihr Herz blutete, arbeiten um Erwerb, wo ihre Kraft nimmer für das Nöthigste zu reichen schien, – aber sie erfuhr auch den vollen Segen solcher Hingebung, einen Frieden mitten im tiefsten Leid, wie ihn kein Glück der Erde gibt, einen Vorschmack der Zeit, wo kein Leid und keine Trennung mehr ist.

Freilich kamen auch unsäglich schwere Stunden, wo der Kranke von einem Nichts gereizt und verstimmt wurde, wo all ihre Opfer vergeblich und ihre Liebe unverstanden schienen, – aber sie hielt aus, und verlor nicht den Glauben an die Sonne, auch wo sie tagelang umwölkt war.

Für die armen Kinder war der Wechsel, der freilich allmählich kam, ein gar trauriger. Sie hatten sich so fröhlich gesonnt in dem wieder aufgegangnen Glück der Heimath, sie hatten so kurz erst erfahren, wie ein andres es ist um eine treue Mutter, als um eine solche, die nur eben ihre Kinder ankleidet und füttert und dann laufen läßt, für die das beste Kind das ist, das ihr am wenigsten in den Weg kommt, sie hatten, wenn auch unbewußt, doch mit innigem Wohlgefühl empfunden, welch' kräftigenden, belebenden Einfluß das Vaterauge, die Vatersorge auf eine Kinderseele hat, und nun legten sich allmählig wieder so trübe Schatten auf die neugewonnene Heimath!

Aber es war doch besser als zuvor. Sie hatten, jung wie sie waren, in der kurzen Zeit gelernt, sich als lebendige Glieder des Hauses, nicht als zufällige Anwüchse zu fühlen, so waren sie auch jetzt nicht störend, und die frühe Schule des Leides wurde ihnen zum Segen.

Wilhelm war entschieden des Vaters Liebling, es kamen selten so schlimme Tage, wo er nicht in der Krankenstube willkommen gewesen wäre. Wenn er des Vaters Lieder deklamirte, wenn er seine selbstgebildeten kindlichen Reime vortrug, in die sich hie und da ein Funken höherer Poesie einstahl, den er da und dort aufgehascht, da sah Arwed mit seinem alten sanguinischen Sinn schon auf des Sohnes Stirn den Lorbeer, den er nicht errungen. Merkwürdig war, daß der Junge ein eben so großer Liebling seines prosaischen Großvaters und Onkel Karls war, bei denen er alle Ferien zubrachte, und daß diese versicherten, er gebe einmal einen kapitalen Landwirth, er sei nicht vom Vieh und vom Acker wegzubringen. Antonie, das älteste Töchterlein, glitt nur leise durch die Krankenstube, glücklich, wo sie etwas ordnen, dem Vater etwas bringen und helfen durfte; das kleine Klärchen, das war wie der klare Sonnenstrahl an einem trüben Herbsttag, nicht kräftig genug, die welkenden Pflanzen wieder zu beleben, aber lieblich genug, um auch den hinsterbenden wohlzuthun und ihnen noch für Augenblicke den Glanz der frischen Blüthe zu geben. Alle aber lernten in diesen Tagen frühe, unbewußt, der Liebe ein Opfer zu bringen und die Sternlein zu finden auch in der dunkelsten Nacht.

Der alte Amtmann hatte sich noch der bessern Tage seines Kindes freuen dürfen, er hatte ihre Sorge getheilt, als sie mit dem kranken Mann einige Wochen in der alten Heimath zugebracht, aber er starb, eh sie das tiefste Weh erfahren, und als Minna im Spätherbst ihres Arweds müde Augen zudrückte, da stand sie allein mit ihren drei Kindern, mit dem kleinen Theil, der ihr noch am Vatererbe zukam, verwaist, verwittwet, und doch getrost.

Sie war wunderbar gefaßt und stark, sie hatte an des Gatten Krankenbett ein unvergängliches Kleinod gefunden. Nicht nur die alte Liebe war ihnen neugeboren worden, schöner und reicher als in ihren Frühlingstagen, sie hatten ihre Herzen vereinen lernen im Quell aller Liebe, und ihr Scheiden war keine Trennung.

Muthig nahm sie den Kampf mit dem Leben auf. Es war kein leichter, obwohl sie die Liebe ihrer Geschwister treulich unterstütz-te, und die Kraft, die sie im Gefühle ihres tiefsten Leides getragen, drohte oft ihr zu sinken in den ruhigen Zeiten, wo das Leben mit seinen Forderungen den gewaltigen Schmerz mehr zurückdrängte. Aber Gott hat ihr durchgeholfen.

III. Abendsonnenschein

Mir gefällt der Herbst, der klare,
Weil er spät vom frühen Jahre
Bringt den milden Wiederglanz,
Weil er flicht für greise Haare
Einen Jugendliederkranz.

Mir gefällt der Herbst, der klare,
Weil er bringt zu Markt als Waare,
Frucht, die flücht'ge Blüthe war,
Daß man für den Winter spare,
Was der Sommer heiß gebar.

Rückert.

Die Zeit ging vorüber auch über diesen Häusern und Herzen, sie pflückte Rosen und sie nahm Dornen. Das Gewicht des Lebens würde uns erdrücken, wenn wir immer nur Schritt für Schritt gehen, nur Augenblick um Augenblick tragen und erwägen müßten, wenn es nicht Höhepunkte gäbe, auf denen auch der mühsamste Weg mit Ruhe überblickt werden kann, wo der Anblick seiner Krümmungen und Abhänge selbst zum Genuß wird, im Gefühl, daß sie überwunden sind und daß sie ja doch zum Ziele geführt haben.

Ein solcher Höhepunkt war denn auch ein fröhliches Familienfest, das auf der Stätte des alten Amthauses zu Feldheim gefeiert wurde.

Der alte Herr hatte sich lange schon zur letzten Ruhe gelegt, auch die Frau Karls, des Gutsbesitzers, war gestorben. Der kinderlose Wittwer hatte Minna gebeten, sich seines Haushalts anzunehmen, und ihr so die alte Heimath geöffnet.

Nur schüchtern hatte Minna diese Aufgabe übernommen, obgleich sie der materiellen Mühen und Arbeiten des Haushalts enthoben war; sie war mißtrauisch in ihr Talent als Haushälterin und nach ihren Lebenserfahrungen zog es sie mehr zu Ruhe und Stille, als zur Leitung eines so großen geräuschvollen Hauswesens. Aber sie hatte gelernt, keine Pflicht mehr für unmöglich zu halten. Ein Juwel, wenn auch ein höchst ungeschliffener, war eine alte Hausmagd, die, als Erbstück des alten Amthauses, in ihr noch die Tochter desselben respektirte, und das häusliche Talent ihres erwachsenden Töchterleins erleichterte ihr, was ihr so schwer geschienen, und sie war dem Hause des Bruders eine sorgsamere und umsichtigere Verwalterin geworden, als zu Anfang ihrem eigenen. Brauerei und Landwirthschaft stand in blühendem Gedeihen; aber wie sich sein zeitlicher Besitz überreichlich gemehrt, war allmälich in Karl, dem nüchternen Mann der Arbeit und des Erwerbs, das Bedürfniß nach Verwandtenliebe, nach Familienfreude und häuslichem Glück erwacht; er freute sich seiner Neffen und Nichten wie eigner Kinder und ließ sie gern gewähren, so daß der neue Bau versprach, etwas von der Gemüthlichkeit des alten Amthauses wieder zu gewinnen.

Er wollte nun, da er sich mehr nach Ruhe sehnte, sein Geschäft theilen und heute in feierlichem Akt die Gutsverwaltung seinem Lieblingsneffen Wilhelm, dem ältesten Sohn Minna's übergeben, der zugleich seine Verlobung mit dem jüngsten Töchterlein Onkel Wilhelms und der Tante Friederike feierte. Als zweites Brautpaar schmückte die Familientafel Antonie, Minna's Tochter, mit einem Sohne des ehemaligen Herrn Oberregierungsraths, jetzt Staatsraths von Fürst.

Antonie hatte den langen Saal des Hauses, der sonst nur zum Hopfentrocknen benützt worden, mit Blumen und Laubgewinden zur schönsten Festhalle geschmückt, mit Jubel wurden auf dem Hofe die Ankommenden empfangen, und bald gruppirte sich an zwei ansehnlichen Tafeln die Familie, die einst in einem so kleinen Schiffchen Raum gefunden.

Zu oberst an der Tafel thronte, wie billig, der Herr Staatsrath jetzt ein alter Herr, im Gehen etwas beschwerlich keuchend, aber sitzend gar ansehnlich, mit den zwei Ordenskreuzen auf seinem stattlichen Bauch. Er sah äußerst wohlwollend und behäbig drein, was allgemeine Bewunderung und Rührung erregte. Auch erzählte Frau Mathilde, eine recht wohl erhaltene Matrone, ihrem Tischnachbar, dem Onkel Karl, wie ihr Mann, seit er pensionirt sei und Enkel habe, so viel für seine Familie lebe und nun erst die gemüthlichen Seiten seines Wesens offenbare, die man ihm gar nicht ansehe.

Dem Staatsrath zur Rechten, sehr geschmeichelt durch diesen Ehrenplatz, saß Frau Friederike, in einer etwas hoch aufgedonnerten Staatshaube, mit der sie Wilhelm bei der Konfirmation ihres jüngsten Kindes überrascht hatte, und die sie sich durch keine Einwendung ihrer Töchter hatte absprechen lassen,»sie war noch so schön erhalten, und hatte einmal so viel gekostet!« Mit herzlichem Vergnügen blickte sie auf das junge Paar und vertraute Otto, der bei ihr saß, flüsternd an: wie sie nie geglaubt hätte, daß ein so tüchtiger, brauchbarer Mensch, wie der Wilhelm, von so unpraktischen Eltern herkommen könnte.»Und wenn man sieht, wie gut er den Landbau versteht und die Leute in Ordnung hält, so dächte kein Mensch, daß er daneben die schönsten Verse macht,« fügte sie mit einigem Wohlgefallen hinzu,»ganz im Geheim, meine Marie hat mir's anvertraut, ich glaube, das einfältige Dinglein freut sich darüber noch mehr als über das Glück, das er durch Karls Gut macht. Aber ich muß der Mine nachsagen, daß sie sich, in spätem Jahren erst, noch über Verhoffen gut gemacht hat; und ihre Kinder sind alle brav: die Antonie gibt eine ganze Frau, und Staatsraths werden nicht bereuen, daß sie die Heirath zugegeben haben.«

Otto hörte diesem Erguß mit großem Vergnügen zu; er war neugebackner Medizinalrath, seine hübsche Frau, Lina, die älteste Tochter Mathildens, hatte er vor zwölf Jahren schon heimgeführt, und Mathilde war sehr erfreut, einen Tochtermann in derselben Würde zu sehen, die ihr Papa selig bekleidet hatte.

Eduard und Emma hatte man zusammen sitzen lassen müssen. Emma hatte man fast jetzt noch für die ältere Schwester ihrer Kinder halten können, sie eröthete über und über, als der Herr Staatsrath sie höchstselbst an jene Wasserfahrt erinnerte, wo sie aus Schüchternheit fast in's Wasser gefallen war.

Minna saß neben Wilhelm und ließ ihre Augen, die schon viel geweint, ausruhen auf den vielen fröhlichen Gesichtern, den alten Freunden und Genossen ihrer jungen Tage, auf den jugendlichen Gestalten, denen die Zukunft angehörte. Sie war frühe gealtert, und ihre eingesunken Züge trugen kaum mehr eine Spur der früheren Lieblichkeit, aber es lag ein Friede darüber, wie ihn ihre jüngste, fröhlichste Zeit nicht gekannt.

Vertraulich, wie mit einem Bruder, erging sie sich mit Wilhelm in Erinnerung an die Vergangenheit, an den heitern Mädchenfrühling und an die Tage des Irrthums und des schweren Leides, die ihm gefolgt waren. »Gott segne dich, Wilhelm, für jenen Besuch vor sechzehn Jahren und für all deine Worte; mit jenem Tag brach der kurze Sonnenschein unsrer Ehe an. Du hast meinem armen Arwed nie gehuldigt und geschmeichelt wie Andre, die den Dichter nachher verhöhnten, aber du hast das Edle und Gute in ihm gekannt und geweckt, als sein eigen Weib nimmer daran glaubte. Ach, daß jene Zeit des Friedens und der Liebe, wo wir miteinander und für einander gearbeitet und getragen haben, so kurz war! es war alles zu spät.«

»Nicht zu spät,« tröstete sie Wilhelm, »du hast den Kampf des Lebens ritterlich aufgenommen, Arwed hat dich gesegnet mit seinem letzten Hauch und du hast deine Kinder gewonnen für ein gesundes, thätiges Leben.«

»Ja, Gott sei Dank,« lächelte Minna unter Thränen, »wie hätte ich je geglaubt, noch als so reiche und glückliche Mutter hier einzuziehen. Und auch bei Euch hat sich alles so freundlich gefügt, unser Rikchen wird ja ganz poetisch im Glück ihrer Kinder. Meine Antonie hat wahrhaftig etwas vom wirtschaftlichen Geiste der Tante geerbt, sie meistert selbst hie und da ihre Mama ein wenig und gibt ein kapitales Hausmütterchen. Und unsre Kinder sind nun Eines.«

Aber drüben an der Jugendtafel ging's so geräuschvoll her, daß man sich nicht lange irgend welchen Reminiszenzen und Betrachtungen hingeben konnte. Da war ein buntes Gemisch, und so oft auch Onkel Eduard das junge Volk in genealogische Ordnung bringen wollte, sie waren immer wieder durcheinander. Da war die Familie des Staatsraths: der Assessor, der Bräutigam Antoniens, Lina, die Frau Medizinalräthin, nebst einigen jungen Sprößlingen (ein Sohn des Regierungsraths hatte leider nach Amerika spedirt werden müssen, allwo er sich aber bereits gefaßt und dem Papa ein Kistchen ächte Havannahs zugesandt hatte), Alfred, der damals bei dem Vater Geld holen gemußt, und zwei stattliche Töchter. Die feinste, lieblichste Blume des Kranzes, aber auch die zarteste, war Klärchen, Minna's jüngste Tochter, in der die jugendliche Anmuth der Mutter wieder aufblühte, vergeistigt durch einen Hauch von der Poesie des Vaters, aber sie schien kaum für die Erde geschaffen. Wilhelms Familie dagegen war stattlich und kräftig nachgewachsen; Dorchen, die älteste Tochter, zeigte gleich große Talente zur guten Hausfrau wie zur fürsorglichen Tante, aber viel mehr Humor als ihre Mama.

Eduards Aeltester hatte leider die glänzenden Hoffnungen nicht erfüllt, die seine frühen Talente erregt hatten: nach verschiednen vergeblichen Versuchen mit Landexamen ec. hatte ihn endlich sein Vater der ehrsamen Buchbinderzunft einverleibt, als solcher versprach er aber ein ganzer Mann zu werden, überraschte auch die ganze Gesellschaft mit allerliebsten kleinen Fabrikaten seiner geschickten Hand und erfreute Alle mit seinem guten, treuherzigen Wesen.

Die beiden Brautpaare wetteiferten in bräutlicher Glückseligkeit. Der Assessor, der einige Anlage zu der Paschamiene des Papa hatte, wollte doch nicht hinter der zärtlichen Aufmerksamkeit Wilhelms des Zweiten zurückbleiben, und sie wurden von der übrigen Jugend vielfach geneckt.

Es wäre wirklich mühsam, Alle persönlich aufzuführen: es war unter andern noch ein Vikar, ein Referendar, etliche Studenten und ein Apothekerlehrling vorhanden, und da diese Jünglinge und Jungfrauen zu großem Theil aus Pietät wieder die Namen ihrer Tanten und Onkel trugen, da ein Wilhelm, Eduard und Otto, eine junge Minna, Emma, Mathilde und Frieda unter ihnen war, so gab das ein so fröhliches Durcheinander, so drollige Verwechslungen zwischen Jungen und Alten, daß man nimmer wußte, wo einem der Kopf stand, und zuletzt nur noch der Staatsrath wie ein ›Meerfels‹ unbewegt‹ in dem lustigen Getriebe sitzen blieb.

Onkel Karl rief zur Ordnung und hielt eine Rede. die in ihrer Art recht schön war, nur blieb er etlichemale darin stecken, und Onkel Wilhelm mußte mit seiner ernstesten Pfarrmiene die kichernde Jugend im Zaum halten. Dann aber ließ Onkel Karl zu Friederikens gelindem Entsetzen Champagner springen zum ersten Toast: das alte Amthaus! hoch! Nun aber brach ein frohes Getümmel los, gegen das der frühere Lärm nur Aeolsharfenlaut gewesen. Mit der Familie des Staatsraths, die theilweise den andern noch etwas fern gestanden, wurde allgemeines Schmollis getrunken, Eduards Buchbinder stieß klingend an mit den sehr eleganten jüngsten Töchtern Mathildens, und Friederike fiel *nicht* in Ohnmacht, als ihr Jüngster, der Mediziner, dem Staatsrath mit gefülltem Champagnerkelch ein Schmollis anbot, in das dieser gutwillig einging und auf die übliche Formel:»Sei mein Freund und leih' mir ein Dubel!« einen wirklichen Sechsbätzner herauszog.

Der Staatsrath brachte der Wasserfahrt ein Hoch aus, und ein Toast folgte dem andern, niemand wußte mehr, *was* und *wen er* leben ließ, und die Dienerschaft blieb mit offenen Mäulern unter der Thüre stehen, zweifelhaft, ob nicht sämmtliche Herrschaften toll geworden.

Endlich legte sich das Getümmel ein wenig, auch den Wildesten that Stille wohl und die ernstere Miene, mit der Onkel Wilhelm sich erhob und um Gehör bat, wenn er nach den fröhlichen Sprüchen seine Gefühle in die Worte eines Liedes zusammenfasse, begegnete keinem Kichern mehr. So schloß er denn die heitre Tafel mit den alten Liedesworten:

Oft denkt der Mensch in seinem Muth,
Dies oder jenes sei ihm gut.
Und ist doch weit gefehlet;
Oft sieht er auch für schädlich an
Was ihm dein Rath erwählet.

Gott aber geht gerade fort
Auf seinen weisen Wegen,
Er geht und bringt uns an den Ort,
Da Wind und Sturm sich legen.
Hernachmals, wenn das Werk geschehn,
Kann erst der Mensch mit Augen sehn,
Was der so ihn regieret,
In seinem Rath geführet.

Die Gläser hatten ausgeklungen, die Thräne im Auge der Aeltern und Ernstern paßte besser als Champagnerschaum zu diesem Toast; die Tafel war aufgehoben und Jung und Alt zog paarweise in fröhlichem Zuge in den Garten.

 tredition®

Über tredition

Eigenes Buch veröffentlichen

tredition wurde 2006 in Hamburg gegründet und hat seither mehrere tausend Buchtitel veröffentlicht. Autoren veröffentlichen in wenigen leichten Schritten gedruckte Bücher, e-Books und audio-Books. tredition hat das Ziel, die beste und fairste Veröffentlichungsmöglichkeit für Autoren zu bieten.

tredition wurde mit der Erkenntnis gegründet, dass nur etwa jedes 200. bei Verlagen eingereichte Manuskript veröffentlicht wird. Dabei hat jedes Buch seinen Markt, also seine Leser. tredition sorgt dafür, dass für jedes Buch die Leserschaft auch erreicht wird.

Im einzigartigen Literatur-Netzwerk von tredition bieten zahlreiche Literatur-Partner (das sind Lektoren, Übersetzer, Hörbuchsprecher und Illustratoren) ihre Dienstleistung an, um Manuskripte zu verbessern oder die Vielfalt zu erhöhen. Autoren vereinbaren direkt mit den Literatur-Partnern die Konditionen ihrer Zusammenarbeit und partizipieren gemeinsam am Erfolg des Buches.

Das gesamte Verlagsprogramm von tredition ist bei allen stationären Buchhandlungen und Online-Buchhändlern wie z. B. Amazon erhältlich. e-Books stehen bei den führenden Online-Portalen (z. B. iBookstore von Apple oder Kindle von Amazon) zum Verkauf.

Einfach leicht ein Buch veröffentlichen: **www.tredition.de**

Eigene Buchreihe oder eigenen Verlag gründen

Seit 2009 bietet tredition sein Verlagskonzept auch als sogenanntes "White-Label" an. Das bedeutet, dass andere Unternehmen, Institutionen und Personen risikofrei und unkompliziert selbst zum Herausgeber von Büchern und Buchreihen unter eigener Marke werden können. tredition übernimmt dabei das komplette Herstellungs- und Distributionsrisiko.

Zahlreiche Zeitschriften-, Zeitungs- und Buchverlage, Universitäten, Forschungseinrichtungen u.v.m. nutzen diese Dienstleistung von tredition, um unter eigener Marke ohne Risiko Bücher zu verlegen.

Alle Informationen im Internet: **www.tredition.de/fuer-verlage**

tredition wurde mit mehreren Innovationspreisen ausgezeichnet, u. a. mit dem Webfuture Award und dem Innovationspreis der Buch Digitale.

tredition ist Mitglied im Börsenverein des Deutschen Buchhandels.

Dieses Werk elektronisch lesen

Dieses Werk ist Teil der Gutenberg-DE Edition DVD. Diese enthält das komplette Archiv des Projekt Gutenberg-DE. Die DVD ist im Internet erhältlich auf **http://gutenbergshop.abc.de**

FSC
www.fsc.org

MIX

Papier | Fördert
gute Waldnutzung

FSC® C083411

Zeitfracht Medien GmbH
Ferdinand-Jühlke-Straße 7
99095 Erfurt, Deutschland
produktsicherheit@kolibri360.de